녹두밭의

은하수

녹두밭의 은하수

안오일 지음

다른

차례

달

헤집는 노를 따라 달이 이지러졌다. 어수선한 자기 마음을 달이 들여다보는 것 같았다. 탄은 다시 힘껏 노를 저었다. 양 어깨에 잔뜩 힘을 준 탓인지 숨이 차올랐다.

"발을 그리 바닥에 딱 붙여 놓고 저으니 힘이 드는 게지."

배 한쪽에 앉아 있던 아버지가 말했다.

노를 젓던 탄은 자기 발을 내려다보았다. 엇갈려 있어야 할 두 발이 나란히 서서 자신을 올려다보고 있었다. 탄은 아차 했다. 아직은 서툴러 잠깐 딴생각을 하면 어느새 발 위치가 흐트러졌다.

노가 하나인 해추선에서는 왼발은 앞으로 내고, 오른발은 뒤로 뺀 채 노를 저어야 한다. 노를 밀 때는 오른발의 뒤꿈치를 들어야 하고, 당길 때는 왼발의 앞을 들어야 한다. 발을 바닥에 붙인 채 노를 저으면 힘이 많이 든다.

"시간이 많지 않으니 집중해서 배우거라."

"네……."

탄은 얼른 왼발을 앞으로 내고, 오른발을 뒤로 뺐지만 아버지가 못마땅했다. 도대체 이번에는 어디로 떠나려는지 한 번도 맡기지 않던 사공 일까지 맡기려 한다.

"이 일은 사람의 목숨을 책임지는 일이라는 걸 명심해야 한다."

그러니까 그렇게 중한 일을 저한테 맡기고, 대체 어딜 가시려는 거냐고요. 탄은 아픈 할머니와 어린 동생을 떠올리며 속으로 툴툴댔다.

"대려라(당겨라)."

탄은 노를 힘껏 당겼다. 그러자 고물(배의 뒷부분) 쪽에서 본 배의 방향이 왼쪽으로 돌려졌다.

"어서라(밀어라)."

노를 힘껏 밀자 배의 방향이 오른쪽으로 돌려졌다.

"배의 나아감과 속도는 이 밀고 당김을 잘해야 한다. 낮보다는 이런 어두운 밤일수록 더 신경 써야 한다."

사공인 탄 아버지 윤종수는 마을에서 일어나는 크고 작은 일에 늘 앞장섰다. 특히 궂은일과 불의에 맞설 때는 두 팔 걷어붙이고 나섰다. 몇 달 전에는 이웃 마을에 사는 벗을 도우려다 곤장을 맞기도 했다. 친구가 무리한 환곡 이자 때문에 관아에 끌려가자 쫓아가 이방에게 따졌던 것이다.

어떨 때는 며칠씩 집을 비워 가며 일을 보기도 했다. 아버지가 말해 주지 않았지만 탄은 동학 교인들의 모임 때문이라는 걸 알고 있다. 가끔 집으로 찾아오는 손님들과 나누는 대화를 듣고 알게 되었다. 아버지가 집을 비울 때마다 집안일은 장남인 탄의 몫이 되곤 했다. 장작을 패고, 감자를 심고, 물 긷는 일까지 도맡아야 했다. 그런데 이번에는 사공 일까지 시키려 한다. 다른 일은 평소에 조금씩 해 오던 터라 특별히 따로 배우지 않아도 되지만 사공 일은 그렇지 않다. 노를 저어 본 적이 한 번도 없을뿐더러 배를 타 본 것도 고작 두세 번이다.

"탄아."

뱃머리에 부딪히는 물결을 보고 있던 아버지가 나직이 탄을 불렀다. 노를 젓던 탄은 잠시 멈추고 아버지를 바라보았다.

"이 배를 이끄는 게 무어라고 생각하느냐."

뜬금없는 물음에 탄은 어리둥절했다. 그러다가 손에 쥐고 있는 노를 쳐다보았다.

"노, 노요……."

"노 없이도 배는 갈 수가 있다."

탄은 배 주변을 살폈다. 앞도 뒤도 옆도 온통 바닷물이다. 물? 그래, 물이 없으면 배가 나아가지 못하잖아.

"물이요."

"그래, 맞다. 물이다."

탄은 으쓱해졌다. 그러다가 이내 불만 가득한 얼굴이 되고 말았다. 그러니까 그게 어쨌다고요. 탄은 또다시 속으로 툴툴거렸다.

"물이 배를 이끌어 가듯 백성이 나라를 이끌어 가는 것이다."

"?"

"너도 이제 열네 살이니 내 말이 무슨 뜻인지 알 게다. 백성이 못 살겠다고 한다면 나라는 더는 나아갈 수 없는 것이다."

탄은 느낌이 좋지 않았다. 불안감이 엄습했다. 아버지가 어딜 가려고 하는지 짐작되었다.

요즘 마을 분위기가 동학란 때문에 어수선하다. 2차 봉기에서 패한 농민군이 장흥 석대들로 모여들고 있다고 했다. 조선 관군과 일본군으로 구성된 조일朝日 연합군에 맞서 대접전을 다시 한번 벌이기 위해서다. 신식 무기로 무장한 연합군에 대항하려면 압도적인 병력에 의지할 수밖에 없다고 농민군은 생각했다. 그래서 접주(接主, 동학의 신앙 공동체인 '접'을 이끌어 가는 우두머리)들은 한 사람의 의병이라도 더 모으기 위해 동분서주 애를 썼다. 마을에서도 농민군으로 참가하기 위해 이미 길을 떠난 사람들이 많았다.

분명 아버지도 싸우러 가려는 거야. 그러지 않고서야 뱃일까지 나한테 맡길 리가 없어. 그럼 그냥 며칠 다녀오려는 게 아니잖아……. 나 혼자 어떡하라고!

생각이 여기까지 미치자 탄은 당황스러웠다. 아버지가 식구들 걱정은 하지 않는 것 같아 화가 치밀었다.

"안 가시면 안 돼요?"

일렁이는 바다를 바라보며 탄이 불쑥 내뱉었다. 아버지는 놀란 표정으로 아들을 바라보았다. 자기가 하는 일에 한 번도 토를 달지 않던 아들이다. 탄 자신도 놀랐다. 가끔 속엣말로 툴툴대긴 했지만 이렇게 입 밖으로 내보인 적은 없었다.

탄은 불안한 마음으로 대답을 기다렸다. 한숨을 크게 내쉰 아버지는 달에 시선을 둔 채 아무 말도 하지 않았다.

탄은 알고 있다. 아버지가 이렇게 대답이 없다는 건 꼭 가야 한다는 뜻이라는 걸. 나 혼자 어떻게 해……. 탄은 울컥했다. 아버지가 농민군으로 간다는 건 죽을 각오를 했다는 뜻이다. 막막함과 두려움이 밀려왔다. 탄은 울지 않으려 고개를 들고 하늘을 쳐다보았다. 유난히 꽉 찬 달과 눈이 마주쳤다. 그 순간 달을 좋아하던 어머니 얼굴이 떠올랐다. 탄은 눈물을 왈칵 쏟고 말았다. 어머니……. 울음소리를 내지 않으려고 고개를 숙인 채 입술을 꽉 깨물었다.

어머니는 2년 전에 세상을 떠났다. 탄이 열두 살, 동생 준이 다섯 살 때였다. 어머니는 준을 낳은 뒤 병을 얻어 계속 고생하다가 결국 눈을 감고 말았다. 그날도 아버지는 집에 없었다.

"탄이 에미 오늘 못 넘길지도 모른다. 이번 일은 다른 사람들한테 맡기고, 넌 그냥 집에 있으면 안 되겠냐?"

아버지는 급히 나가려 했고, 그런 아들을 말리며 할머니가 말했다. 잠시 멈칫하던 아버지는 빨리 다녀오겠다는 말만 남기고 나가 버렸다.

어머니는 마지막 숨을 아껴 가며 탄에게 당부했다.

"탄아, 네가 할머니 모시고 동생 잘 챙겨야 한다……. 너희 아버지는…… 수시로 집을 비울 거야. 그러니 네가……."

"알았어요. 알았으니까 그만 얘기해요."

힘겹게 내뱉는 어머니의 말을 듣다못해 탄이 힘주어 말했다. 가족을 등한시하는 아버지가 미웠다. 그런 아버지를 죽음의 문턱에서도 감싸는 어머니가 못마땅했다. 아들의 마음을 들여다보기라도 한 듯 어머니가 말을 이었다.

"네 아버지 너무 원망하지 마라……."

안타까운 표정으로 말하는 어머니를 보며 탄은 아무 말도 하지 못하고 눈물만 흘렸다. 어머니의 숨소리가 거칠어지자 탄은 불안한 마음으로 사립문을 자꾸만 내다보았다. 지금이라도 아버지가 돌아와 어머니의 마지막 가는 길을 봐주기를 바랐다. 어머니의 눈빛도 아버지를 기다리는 눈치였다. 연신 한숨을 내쉬는 할머니도 아버지를 기다리기는 마찬가지였다. 아버지는 끝내 오지 않았다.

마당 한쪽에서 흙장난을 하고 노는 준의 머리 위로 따사로운 햇살이 내려앉았다. 그 모습을 아련하게 바라보던 어머니는 스르르 눈을 감았다.

"탄아."

가늘게 들썩이는 아들의 어깨를 바라보던 윤종수가 불렀다. 탄은 얼른 눈물을 훔치고는 대답했다.

"네."

"저 달을 보아라."

달은 조금 전보다 더 환하게 빛났다.

"하늘에 달은 하나지만 세상 곳곳을 비춘단다. 백성들이 바라보는 달은 하나지만 달은 만백성을 비추어야 한다. 임금은 그래야 한단다……."

아버지의 얼굴에는 근심이 가득했다. 임금은 이 나라 모든 백성을 잘 보살펴야 한다. 그런데 지금은 그러지 못하고 있다. 그래서 힘들어 못 살 지경인 농민들이 봉기를 일으켰다고 탄은 생각했다.

"임금이 가장 무서워하는 게 무엇인지 아느냐?"

"?"

"하늘이다."

하늘? 임금이 하늘을 무서워한다고……? 탄은 문득 기우제가 생각났다. 하늘에 제를 올리는 임금, 임금이 유일하게 머리를 숙이는 대상이 하늘이다. 그래서 하늘인가?

"백성이 하늘이다. 그러니 임금이 백성을 무서워해야 나라가 바로 선다."

계속 하늘을 쳐다보고 있는 아버지를 보며, 탄은 사람이 곧 하늘이라는 인내천 사상을 떠올렸다. 사람들이 동학에 대해 이야기하는 걸 이따금 들어서 알고 있다. 동학에서는 사람을 하늘이라고 했다. 그만큼 모든 사람이 다 귀하다는 얘기다. 천한 이와 귀한 이가 따로 있지 않고 모두 평등하다. 나라에서 금하고 있는 동학이지만 이런 귀한 뜻을 담고 있기에 백성들 사이에 빠르게 퍼져 나갔고, 지금은 생활 깊숙이 스며들어 희망이라는 불씨로 자리 잡았다. 사람들이 말했다. 이래 죽으나 저래 죽으나 매한가지라면, 내 몸뚱이 귀하게 여겨 주고 평등하게 대해 주는 쪽에서 죽자고.

"그런데 하늘인 백성들이 죽어 가고 있구나……. 어두운 이 바다처럼 아무것도 보이지 않는 세상이 되어 가고 있어."

"그럼 우리는요? 할머니는……."

아버지의 눈빛이 흔들렸다. 검은 바다와 검은 하늘, 그 경계선을 한참 바라보던 아버지가 말했다.

"미안하다……."

탄은 어두운 바다를 바라보았다. 굼실대는 검은 물결이 눈앞으로 확 다가왔다. 순간 가슴이 턱 막혔다. 난 우리 가족이 세상 전부인데, 아버지 세상은 그게 아닌가 봐요. 탄은 아버지가 나라 걱정을 하면 할수록 원망하는 마음이 더 커져 갔다.

다시 노를 젓기 시작했다. 달그림자가 바다에 어리었다. 탄은 달마저도 밉기만 했다. 세상 곳곳을 고루 비춘다면서 자기 마음에는 비추지 않는 것 같았다. 탄은 일부러 달그림자 앞으로 다가가 사정없이 노를 저었다. 달이 이지러지며 물결 능선을 타고 저만치 달아났다.

뱃머리에 부딪히는 물결 소리가 고요한 밤바다를 더욱 고요하게 만들었다.

씨감자

"이제는 왜놈들 신식 무기에 어쩔 도리가 없다고 하던디, 그 아까운 목숨들을 어쩔 거나⋯⋯."

할머니는 아버지의 등을 바라보며 한숨을 내쉬었다. 짐을 챙겨 나와 쪽마루에 앉아 신을 신고 있던 아버지는 잠시 멈칫거렸다. 신을 마저 신고 일어나 천천히 뒤돌아섰다. 할머니는 사지死地로 떠나려는 아들을 보며 걱정스러운 눈빛으로 말했다.

"그래도 가야 하는 것이제?"

"죄송합니다⋯⋯, 어머니."

"아니다. 괜한 말을 했구나. 집 걱정은 하지 말고 다녀오너라."

할머니는 다녀오너라, 라는 말에 힘을 주어 말했다. 꼭 살아서 돌아오라는 주문처럼.

"네."

아버지는 고개를 숙인 채 대답하고는 마당을 가로질러 집을 나섰다.

"아버지."

문밖에서 기다리고 있던 탄이 아버지 팔을 붙잡았다. 제발 가지 말라는 듯 손에 힘을 꽉 주었다. 아버지는 탄의 손을 무겁게 풀어냈다.

"할머니 잘 모셔야 한다."

아버지는 그 말만을 남기고 가 버렸다. 순간 탄의 얼굴이 굳어졌다. 벌겋게 충혈된 눈에서 눈물이 흘러내렸다.

"형, 아버지 어디 가는 거야?"

등 뒤에서 준이 물었다.

"어? 형, 울어? 아버지한테 혼났어?"

형을 쳐다보던 준의 눈이 동그래졌다. 탄은 얼른 눈물을 훔치며 말했다.

"아니야, 그런 거."

탄은 말똥말똥 자신의 눈치를 살피고 있는 준을 쳐다보자 가슴이 쓰렸다. 어머니를 잃고, 아버지는 밖으로만 도니, 준은 자연히 형을 의지하고 따랐다. 할머니가 살뜰히 챙겨 주기는 하지만 준은 형만 졸졸 따라다녔다. 형이 하는 말이라면 뭐든 잘 듣고 믿었다. 밖에서 맞고 울며 들어왔을 때 형이 쫓아가서 아이들을 혼내 준 뒤로는 더 의지하며 따라다녔다. 준에게 형은 아버지고 어머니고 대장이었다.

"울었는데 뭘. 울지 마, 형."

촉촉한 형의 눈가를 보며 준은 울먹였다. 탄은 얼른 고개를 돌렸다. 준이 생각에 마음이 짠했다. 아버지는 준이와 놀아 주거나 다정하게 이야기 한 번 나눈 적이 없다. 나한테는 아니더라도 어린 준이라도 좀 살갑게 대해 주지. 혹시라도 이대로 다시 못 보게 된다면 우리 준이는 아버지에 대한 기억이 너무 쓸쓸할 텐데. 서운함과 원망이 확 밀려왔다.

탄은 씩씩거리며 마당으로 들어서다 장작더미를 보고는 걸음을 멈추었다. 장작 패는 법을 가르쳐 주던 아버지가 생각났다. 탄은 장작더미 앞으로 성큼성큼 걸어가 장작 하나를 집어 들고는 마당에 그대로 내동댕이쳤다. 탄은 장작을 다시 주워 바닥에 세우고는 옆에 있던 도끼를 집어 들었다. 장작을 노려보던 탄은 아버지가 했던 말을 떠올렸다.

"도끼날이 닿는 윗부분에만 집중하면 제대로 패지 못한다. 장작을 팰 때는 밑동을 겨냥해야 해. 그래야 시원스럽게 팰 수 있어. 사는 것도 마찬가지다. 눈앞에 보이는 것에만 급급하면 안 돼. 보이지 않는 부분까지 잘 들여다봐야 한다. 그래야 사람답게 살 수 있어."

그러면 잘 들여다봐야 할 아버지의 밑동은 뭐예요? 아버지에게 가족은 뭐예요? 우리 가족은 눈앞에 보이는 급급함인 거예요? 그래서 외면하고 가 버린 거냐고요.

탄은 도끼를 높이 쳐들어 힘껏 내리쳤다. 장작이 쩍, 하고 갈라졌다. 나이테가 만들어 낸 결이 보였다. 아버지와 나눈 대화가 떠올랐다.

"이 결대로만 잘 내리치면 단번에 쪼개진단다."

"나무마다 결 모양이 다 다르겠지요?"

"당연하지. 사람하고 똑같아. 나무도 다 저마다의 무늬가 있지. 나무의 결을 보면 그 나무가 어떻게 살아왔는지 알 수 있단다."

아버지의 무늬에는 할머니가 없어요? 준이가 없어요? 제가 없냐고요! 어머니도 외롭게 보내더니…….

탄은 적극적으로 말리지 않은 할머니도 원망스러웠다. 울컥 나오려는 눈물을 손등으로 쓸어 내며 장작을 패고 또 팼다. 나무 쪼가리들이 사방으로 널브러졌다.

"형, 화났어?"

준이 어리둥절한 표정으로 물었다. 탄은 도끼를 내동댕이치고는 그대로 나가 버렸다.

해가 자울거리며 한 뼘 기울어지자 이방과 관졸들이 마을로 들이닥쳤다. 마을 사람들은 또다시 한바탕 회오리가 몰아치겠구나 싶어 한숨을 내쉬었다.

"이 작은 촌구석에 가져갈 것이 뭣이 있다고 자꾸 들이닥치고 난리여.”

“그러게 말여. 이놈의 세상 확 뒤집어져 부러야제.”

가까이 바다를 둔 마을 사람들은 고기를 잡고 농사를 지으며 근근이 살아가고 있다. 조정에 썩은 관리들이 득세하며 온갖 명목으로 세금을 거둬들이고 곡식을 빼앗아 가 끼니를 잇기 힘들어졌다. 흉년이 들면 먹을 것이 없어서, 풍년이 들면 벼슬아치들의 농간으로 팍팍하기는 매한가지였다.

“먹을거리도 문제지만 사람대접은커녕 버려지 취급을 당하고 사니 이리 살아서 뭐 하겠는가. 우리는 그렇다 쳐도 우리 자식들은…….”

“그러니 들고 일어나지 않았는가. 지금 석대들로 막 몰려들고 있다고 허니 이번에는 꼭 이겼으면 쓰겠네.”

“그것이 그런다고 되겠는가. 왜군하고 관군 쪽은 신식 무기가 엄청나다고 하던디 우린 고작해야 화승총이나 죽창이나 농기구가 다 아녀.”

“암튼 하루라도 좋으니께 동학인들이 말하는 그런 세상 한번 맛보면 좋겠네……. 가진 자도 못 가진 자도 차별이 없고, 또 있는 사람이 없는 사람을 돕고 산다고 허니 없는 사람에게는 살맛 나는 세상 아니겠는가.”

마을 사람들은 푸념하며 사소한 먹을거리라도 빼앗기지 않으려고 서둘러 각자의 집으로 흩어졌다.

"샅샅이 뒤져!"

몇 집을 거쳐 탄이네 집으로 온 이방 최만득이 소리쳤다. 관졸들이 집 안팎을 마구잡이로 뒤졌다.

"이놈들아! 우리는 털어 봤자 먼지밖에 나올 것이 없는디 이것이 뭔 일이다냐!"

할머니는 싸리 빗자루를 휘두르며 소리쳤다. 준은 무서워하며 할머니 뒤로 숨었다.

"만약에 곡식 한 톨이라도 나오면 어쩔라요?"

최만득은 능글맞은 표정으로 씩 웃더니 서둘러 찾아내라는 눈짓을 보냈다. 관졸들은 살림살이를 잡히는 대로 던지며 뭐라도 찾아내기 위해 눈을 희번덕거렸다. 토방 위 바구니가 발에 밟혀 엎어졌다. 죽을 쑤기 위해 바구니에 담아 둔 옥수수 알갱이들이 마당으로 쏟아졌다. 방이고 부엌이고 다 뒤졌지만 쌀이나 돈은 나오지 않았다.

"내 뭐라더냐, 나올 게 없다는데도 이 난리를 피우고. 아이고, 이 아까운 것들을 어쩐다냐."

할머니는 혀를 차며 쏟아진 옥수수 알갱이들을 긁어모았다.

"이방 나리!"

마당 장독대 항아리를 열어 보던 관졸이 뭔가 발견한 듯 소리쳤다. 할머니가 화들짝 놀란 표정으로 손을 내저으며 일어섰다.

"그것은 안 된다. 그거 없으면 우린 어쩌라고."

관졸이 항아리에서 꺼낸 자루에는 씨감자가 들어 있었다. 최만득이 씨감자를 보더니 별것 아니라는 듯 잔뜩 못마땅한 표정으로 침을 퉤 뱉었다. 별 소득 없이 돌아가려니 화가 난 모양이었다.

"에잇, 그거라도 챙겨!"

최만득이 소리를 빽 지르자 할머니가 달려가 붙들었다.

"제발 부탁이니 그냥 두고 가시오. 이거 없으면 내년 감자 농사는 어쩐다요."

할머니가 씨감자 자루를 붙들고 놓지 않자 관졸이 자루를 휙 낚아챘다. 그러자 할머니가 그대로 나동그라졌다. 준이 울면서 할머니 곁으로 달려갔다.

"아앙, 할머니!"

그때 탄이 마당으로 들어섰다.

"할머니! 준아!"

탄은 쓰러진 할머니를 부축하며 최만득을 쏘아보았다. 그러자 최만득이 눈을 부라리며 탄 앞으로 가까이 다가왔다. 허리춤에 손을 올리고는 얼굴을 쭉 내밀며 말했다.

"이런 건방진 놈이 있나. 겁도 없이 어디서 눈을 똑바로 떠?"

탄은 두려웠지만 눈에 힘을 풀지 않았다. 최만득의 부라린 눈에서 떠나가던 아버지의 모습이 보였다. 남은 가족들이 이런 상황을 겪게 되리라는 걸 아버지는 모르지 않았을 것이다. 그런데도 기어이 가 버린 아버지…….

최만득을 쏘아보던 탄의 눈빛이 아버지에 대한 원망의 눈빛으로 바뀌면서 그렁그렁 눈물이 차올랐다.

"이게 어디서!"

높이 쳐든 최만득의 손이 탄의 얼굴을 향해 날아들었다. 그 순간 할머니가 달려들어 탄을 감쌌다. 최만득의 거친 손이 퍽, 할머니의 어깨를 내리쳤다.

"헉!"

할머니가 꼬꾸라지면서 비명을 질렀다.

"할머니!"

탄은 얼굴이 하얗게 변한 할머니를 붙들고는 어쩔 줄 몰라 했다. 그러더니 부들부들 떨면서 최만득에게 달려들었다.

"할머니 잘못되면 가만두지 않을 거야!"

탄은 최만득의 멱살을 잡고 바락바락 악을 썼다. 그때 관졸들이 몰려와 탄을 떼어 냈다. 최만득은 불쾌한 표정을 지으며 흐트러진 옷깃을 정돈했다. 그러고는 관졸들에게 양팔이 붙들려 있는 탄의 얼굴을 냅다 후려쳤다. 탄의 입가에서 피가 터졌다.

"형!"

무서워서 벌벌 떨고 있던 준이 피를 보고는 탄에게 달려왔다.

"야, 이놈들아!"

할머니가 정신을 차리고 일어나 고함쳤다. 몸을 부르르 떨면서 최만득을 무섭게 노려보았다. 탄은 그렇게 성난 할머니의 표정은 처음 보았다.

"느그들은 눈구멍이 없는 것이냐! 입에 풀칠도 겨우 하는디 세금 낼 곡식이 어딨단 말이냐!"

바락바락 악을 쓰는 노인을 어찌할 수 없겠다 싶은지 최만득은 못마땅한 표정을 지으며 문밖으로 성큼성큼 걸어 나갔다.

"뭐 해! 여기서 계속 있을 거야?"

최만득의 불호령에 관졸들은 탄의 팔을 놓고 따라나섰다.

"저건 안 가지고 올 거야!"

마당에 놓아둔 씨감자 자루를 가리키며 최만득이 소리를 빽질렀다. 그러자 관졸들은 아차 하는 얼굴로 자루에서 빠져나와 데구루루 굴러간 씨감자까지 챙겨 집을 나갔다.

탄은 할머니를 부축해 토방에 앉혔다. 할머니는 마당에 널브러진 살림살이들을 보며 한숨을 길게 내쉬었다. 진정이 안 되는지 헐떡이는 숨소리가 계속 났다. 탄은 할머니를 보면서 생각했다. 늘 말은 투박하게 해도 자신과 준을 아끼는 마음은 충분히 느낄 수 있었다. 하지만 할머니가 대신 맞아 줄 거라고는 생각지도 못했다.

"다시는 그러지 마세요. 맞아도 제가 맞아요."

할머니는 아무 말 없이 난장판인 마당만 보았다. 할머니 얼굴에 파인 주름이 유난히 굵고 깊어 보였다. 흐트러진 머리카락이 근심 가득한 얼굴을 더욱 그늘지게 했다. 탄은 마음이 아프면서도 아버지를 그냥 보내 버린 할머니가 원망스러웠다.

"아버지를 왜 붙잡지 않으셨어요?"

예상치 못한 질문인 듯 할머니는 탄을 빤히 쳐다보았다. 탄의 찢어진 입술에서 아직도 피가 났다. 할머니는 주위를 둘러보다 토방 한쪽에 있던 무명천 조각을 탄에게 내밀었다.

"닦아라."

탄은 무명천을 집어던지며 소리쳤다.

"우린 아버지가 필요해요. 아버지를 왜 그냥 보내셨어요?"

잠시 바라만 보고 있던 할머니가 나직이 말했다.

"그래야 느그 아버지가 사니까……."

그때 한쪽에서 훌쩍이고 있던 준이 다가왔다. 할머니는 준을 다독이며 마당으로 내려갔다. 탄은 할머니의 말이 무슨 뜻인지 이해할 수 없어 멍하니 서 있었다.

"언제까지 이러고 있을 것이여. 이까짓 것 암것도 아니여. 더 험한 꼴도 보고 살아온 나여. 산 사람은 다 살아지는 법이여. 살려고 발버둥 치면 뭐라도 내주겠지."

할머니는 널브러진 살림살이들을 챙기면서 말했다. 조금 전에 맞은 데가 쑤시는지 한 손으로 어깨를 두드렸다. 탄도 마지못해 거들었다. 탄은 장독대 앞에 엎어져 있던 밥그릇을 집어 들다 갑자기 획 일어섰다. 찌그러진 밥그릇을 보고 있자니 자신이 더 처량하게 느껴졌다.

"할머니, 이거!"

할머니는 화들짝 놀랐다.

"이건 씨감자 아니냐."

작은 씨감자 한 알이 준이 손에 놓여 있었다.

"저기서 주웠어요."

준이 토방 아래를 가리키며 말했다. 아까 자루에서 굴러 나온 씨감자 가운데 하나였다. 관졸들의 눈에 띄지 않아 용케 남은 것이었다. 할머니는 씨감자를 받아 들고는 흙을 털어 냈다.

"이 씨감자는 말이여, 땅속에서 썩어야만 뿌리를 내려 감자알을 만들 수 있지. 그러니께 말하자면 자신을 썩혀서 생명을 만드는 것인디, 지금 느그 아버지도 그럴라고 간 거 아니겠냐……."

할머니가 씨감자를 보며 혼잣말처럼 말했지만, 탄은 자신 들으라고 한 말이라는 걸 안다. 이런 꼴을 당하고도 아버지 역성을 드는 할머니가 못마땅했다.

"응? 할머니, 아버지가 어딜 갔다고?"

준이 마른 눈물 자국 범벅인 얼굴로 할머니에게 물었다. 할머니는 대답하지 않고 씨감자를 들고 장독대로 가 독 안에 다시 넣었다. 뚜껑을 닫으면서 말했다.

"작은 불씨 하나라도 남아 있으면 살아갈 희망은 있는겨……."

탄은 듣기 싫다는 듯 준이 손을 잡아끌고 부엌으로 갔다. 가마솥에서 끓고 있는 더운물을 한 바가지 덜어 대야에 담고 찬물을 섰었다. 엉망인 준이 얼굴을 박박 문질러 씻겼다.

"형, 아파. 살살 해."

사립문 안으로 탄의 친구 설홍이 들어섰다. 뭔가 한바탕 지나
간 듯한 마당 분위기에 멈칫하며 주위를 살폈다.

부딪치는 마음

"설홍이 형!"

얼굴을 닦고 나오던 준이 소리쳤다.

"이젠 누나라고 해야지."

탄이 설홍의 눈치를 보며 말했다. 설홍은 여자지만 늘 남자처럼 하고 다녀 준이 형이라고 불렀다. 어렸을 때야 그럴 수 있다지만 이젠 중매가 들어오기도 하는 열네 살이다. 탄이 매번 주의를 주는데도 준은 아랑곳하지 않는다.

"난 괜찮아."

설홍이 웃으며 말했다.

"이 시간에 어쩐 일이야?"

"그냥 얘기 좀 하려고……."

"무슨 얘기?"

"아, 아니 별거 아니야. 바람 쐬러 나온 김에 잠깐 들른 거야. 너희 집도 만만치 않구나."

설홍은 집안 분위기 때문에 하려던 말을 삼킨 듯했다. 탄은 더 물어보지 않았다.

탄에게는 어렸을 때부터 어울려 다니는 단짝 친구들이 있다. 마음이 착하고 따뜻한 희성, 셈이 빠르고 손재주가 좋은 진구, 몸은 여리하나 성격은 선머슴 같은 유일한 여자 친구 설홍.

서로 티격태격하다가도 누군가 부당한 일을 당하거나 다른 아이들하고 싸움이라도 벌어지면 똘똘 뭉쳐 다 같이 나서 주는 친구들이다. 시간만 나면 서로 집을 돌아가며 모여서 이야기하고 놀았다.

몇 년 전까지는 뒷산에 올라 이웃 마을 아이들과 전쟁놀이도 했다. 그럴 때면 여느 남자 못지않게 다부진 설홍이 대장을 했고, 이야기 만드는 걸 좋아하는 탄이 전략을 짰다. 가끔은 전략을 짜다가 상상의 나래를 너무 펼쳐 설홍에게 타박을 받을 때도 있었다. 집이 약방을 하는 희성은 군의관을 하겠다고 했다. 싸움터에 부상병이 없으면 재미가 없다는 논리였다. 놀이라고는 하지만 희성은 정말 치료하는 것처럼 진지하게 임했다. 겁이 많은 진구는 늘 뒤처져 흉내만 냈다.

탄은 친구들 가운데 설홍과 각별했다. 아주 꼬맹이 때부터 늘 붙어 다녔다. 속상한 일이 있거나 고민이 생기면 둘만 만날 때가 많았다. 희성과 진구보다는 이야기가 잘 통한다는 걸 서로 알고 있기 때문이다. 친한 친구로만 생각해 오던 둘은 얼마 전 서로에 대한 특별한 마음을 확인하게 되었다.

일 년 전이다. 이웃 마을 남자애가 설홍 집을 찾아왔다. 어른들끼리 친분이 있어 설홍 아버지에게 심부름차 온 것이었다. 그전에도 몇 번 다녀갔지만 볼일이 끝나면 바로 가곤 했다. 그런데 이번에는 일이 끝나도 돌아가지 않고 주위를 두리번거렸다. 그때 설홍이 탄과 함께 마당으로 들어섰다. 남자애는 설홍을 보자 반가운 표정을 지었다. 옆에 있던 탄은 기분이 묘했다. 분명 설홍을 여자로 보는 눈빛이었다. 어색함이 묻어 있지만 보고 싶었다는 마음이 가득 들어 있었다. 탄은 경계심이 일어났다. 설홍이 여자로서 누군가에게 관심을 받을 수 있다는 생각은 한 번도 해 보지 않았다. 탄은 짜증이 나면서 기분이 아주 나빠졌다. 뭐야, 내가 왜 이래? 배배 꼬이는 자기 마음을 느낀 탄은 당황했다. 남자애가 설홍 앞으로 다가왔다.

"나랑 잠깐 얘기할 수 있어?"

그동안 몇 번 마주쳤지만 말을 걸어온 건 처음이라 설홍도 당황스러웠다.

"무슨 얘기……?"

남자애는 옆에 있는 탄을 의식한 듯 우물쭈물했다. 탄은 그런 모습이 더 마음에 들지 않았다. 뭐야, 나 때문에 말을 못 하는 거야? 탄은 남자애를 쏘아보았다. 남자애는 헛기침을 몇 번 하더니 말했다.

"며칠 뒤에 우리 집에서 모임이 있는데 음식도 해서 같이 먹나 봐. 너희 아버지도 오신다고 하니 너도 같이 오라고…….."

동학교도인 설홍 아버지는 종종 모임을 하고 있다. 모여서 회의도 하고 공부도 한다. 자신의 집에서도 몇 번 모였기에 설홍도 알고 있었다. 하지만 어른들만 참석하는 모임이라 설홍은 한 번도 함께한 적이 없었다. 그런데 이번 모임에서는 음식도 해서 다 같이 나눠 먹기로 한 것이다. 설홍은 갑작스러운 초대에 어떻게 대답해야 할지 몰라 아무 말도 하지 못했다.

"꼭…… 와 주면 좋겠어."

남자애는 얼굴이 벌게져서는 그대로 뒤돌아 달려갔다. 설홍은 당황한 듯 눈만 껌벅이며 바라보았다. 탄은 평소 같지 않은 설홍이 못마땅했다.

"좋아?"

"뭐가?"

"저 녀석이 오라고 하니까 좋냐고?"

설홍은 불만 가득한 탄의 얼굴을 뚫어지게 쳐다보았다. 탄은 자기도 모르게 내뱉은 말에 스스로 당황한 듯 금세 얼굴이 벌게 졌다. 에잇, 내가 지금 무슨 말을 한 거야? 탄은 서둘러 시선을 거두었다. 예상치 못한 탄의 모습을 본 설홍도 얼굴이 발그레해졌다. 탄의 반응이 싫지 않았다.

"음식 같이 먹게 오라고? 딱 사귀자는 거네."

탄은 마당 한쪽 평상에 걸터앉으며 다시 툭 내뱉었다.

"너, 질투하는 거야?"

"뭐?"

탄은 화들짝 놀랐다.

"맞잖아. 다른 남자애가 나한테 관심 보이니까 화내는 거잖아."

"내가 언제⋯⋯."

탄은 멈칫했다. 정말 자신이 화를 내고 있었기 때문이다. 진짜 내가 질투한 건가? 내가 설홍이를⋯⋯ 좋아하는 거야? 탄은 마치 수면 아래 가라앉아 있던 마음이 어디선가 나타난 배 한 척 때문에 급물살을 타고 일어난 것 같은 느낌이었다. 탄은 땅바닥만 쳐다보며 아무 말도 하지 못했다.

설홍은 무슨 말을 더 하려다가 그만두었다. 탄이 쑥스러워하기도 했지만 설홍도 당장 더 확인하고 싶지는 않았다. 탄을 보며 설레는 자신의 마음을 엿보았기에 설홍도 혼란스러웠다.

"아니면 말고. 그럼 잘 가."

설홍은 그냥 해 본 말인 척 툭툭 털어 내고는 방으로 들어가려 했다.

"거기 갈⋯⋯ 거야?"

탄의 말에 설홍은 뒤돌아섰다.

"어딜?"

"아, 아니야. 나 그럼 간다."

탄은 얼굴이 벌게져서는 후다닥 설홍의 집을 나섰다. 설홍은 잠시 그대로 서서 탄의 뒷모습을 바라보았다. 탄이 어딜 갈 거냐고 묻는지 안다. 하지만 모른 체했다. 갈지 말지 아직 결정하지도 않았지만 먼저 자신의 마음을 들여다보고 싶었다. 갑자기 가슴께에 뭔가 훅 들어와서 방망이질을 해 대는 것 같았다. 설홍은 이런 감정이 싫지 않았다. 하지만 혹시라도 편했던 친구 사이가 어색해질까 봐 두려웠다.

탄은 집으로 가는 내내 얼굴이 화끈거렸다. 길가에 늘어선 나무들도 날아가는 새들도 다 자기 마음을 들여다보고 있는 것 같았다. 고개를 들 수가 없었다. 탄은 남자애 모습이 떠올랐다. 자기보다 큰 키에 얼굴은 재수 없게 잘생겼다. 목소리도 그만하면 깔끔했다. 그런 녀석의 초대를 받았는데 설홍이 안 갈 리가 없다. 에잇, 내 키는 왜 작은 거야? 아버지 얼굴 말고 어머니를 닮았다면……. 탄은 앞에 있는 돌멩이가 그 녀석이라도 되는 양 발로 힘껏 찼다. 설홍이 희성과 진구랑 장난하며 놀 때는 아무렇지도 않았다. 그런데 낯선 녀석과 말을 섞고 가까워질 수 있다고 생각하니 심장이 요동쳤다. 탄은 오른손으로 자기 왼쪽 가슴께를 꽉 잡았다. 눈치 없이 자꾸만 벌렁거리는 심장이 얄미웠다.

석양빛이 유난히 붉던 날, 탄과 설홍은 수면 위로 올라온 자신들의 마음을 서산 하늘에 뿌리고 있었다.

　탄은 설홍과 함께 있으니 어수선한 기분이 조금 가라앉았다. 꽉 막힌 마음에 시원한 바람 한 줄기를 들인 기분이었다. 자기 옆에 설홍이 있어 다행이다 싶었다. 부르터진 입술을 바라보는 설홍의 시선을 느낀 탄은 얼른 손으로 입을 가렸다.

　"그냥 얻어터졌을 리는 없고, 이방한테 덤빈 거야?"

　설홍은 토방에 걸터앉으면서 말했다. 말은 투박하게 해도 표정은 못내 속상한 눈치였다.

　둘은 서로의 감정을 확인한 뒤부터 전처럼 완전히 깨복쟁이 친구처럼 대하지는 못했다. 그래도 최대한 내색하지 않고 자연스럽게 행동하려 애썼다. 워낙 오랜 친구라 그리 어렵지는 않았지만 탄은 은연중에 설홍을 살뜰히 챙겼다. 설홍은 탄의 말과 행동이 자꾸 신경 쓰였다.

　"맞으려고 작정한 게 아니라면 참았어야지."

　"그놈들이 할머니를 때리는데 그냥 있을 수 없었어……"

　설홍은 주머니에서 하얀 손수건을 꺼내 탄에게 내밀었다.

　"닦기나 해."

　탄은 손수건으로 터진 입술에 묻은 피를 닦아 냈다.

　"어? 아까 할머니가 닦으라고 줄 때는 던져 버리더니, 형은 설홍이 형이 더 좋은가 봐."

옆에서 보고 있던 준이 웃으면서 말했다. 설홍이 무슨 말이냐는 듯 준과 탄을 번갈아 보았다.

"넌 얼른 방에 들어가. 이제 자야지."

당황한 탄은 서둘러 말했다.

"아직 잠 안 오는데?"

준이 눈을 말똥말똥 뜨며 말했다.

"내일 형이 재미난 이야기 해 줄게."

"정말? 알았어. 근데 내일은 무슨 얘기 해 줄 건데?"

"음, 아직 다 쓰진 못했지만 섬이 된 콩이라는 아이 이야기야."

"아이가 섬이 된다고? 어떻게 섬이 돼? 와, 진짜 재밌겠다. 형, 나 얼른 들어가서 잘래."

준은 형이 이야기를 들려줄 때가 제일 좋았다. 탄은 이따금 책에서 읽은 것도 들려주고, 자기가 지어낸 이야기도 들려주었다. 그럴 때면 준은 궁금한 건 물어보면서 귀 귀울여 들었다. 울다가도 이야기를 해 준다고 하면 뚝 그쳤다. 그래서 준이 말을 듣지 않거나 떼를 부릴 때면 탄은 이 방법을 쓰곤 한다.

준이 방으로 들어가자 탄과 설홍은 토방에 나란히 앉아 어두워져 가는 하늘만 바라보았다.

"그 이야기는 나한테 안 해 준 건데?"

설홍이 불쑥 말했다.

"이야기? 아, 섬이 된 콩이…… 그거 이번에 지은 거야."

탄은 쑥스러운지 픽 웃으며 말했다. 이야기를 지으면 설홍에 게 먼저 달려가 꼭 들려주었다. 좋다고 할 때보다 별로라고 할 때 가 많지만 탄은 그 시간이 참 좋다. 다른 생각은 접어 두고, 오로 지 자기만의 세계에 대해 이야기를 나눌 수 있기 때문이다. 더구 나 가장 좋아하는 친구와 함께하는 시간이다. 그런데 자신의 마 음을 들킨 뒤로는 조금 어색해져 전처럼 매번 이야기를 들려주지 못했다.

"나도 궁금해."

설홍이 자신을 똑바로 쳐다보며 말하자 탄은 얼굴이 달아올랐 다. 궁금하다는 설홍의 그 말이 너에 대해 궁금해, 라는 말처럼 들렸다. 심장도 빨리 뛰었다.

"그게 무슨 얘기냐면……, 작은 섬에 갇히다시피 살고 있는 아 이가 새로운 세상을 꿈꾸다 결국 섬이 된 이야기야."

탄의 말에 설홍은 더 궁금한 표정을 지었다.

"아이가 섬이 되다니, 재밌겠다. 그런데 어떻게 그런 생각을 했 어?"

"저번에 바다에 나갔다가 작은 섬 하나를 봤는데 꼭 아이 모습 처럼 생겼더라. 그래서 섬이 된 아이라는 이야기를 지어 보고 싶 었어."

"지은 데까지만이라도 들려주면 안 돼?"

좋은 소리보다는 쓴소리를 많이 하지만 설홍은 탄이 들려주는 이야기를 좋아한다. 탄의 이야기를 듣고 있으면 마치 딴 세상에 와 있는 듯한 느낌을 받았다. 이번엔 새로운 세상을 꿈꾸는 아이라니 더욱 기대된다.

탄은 이야기를 기다리는 설홍의 진지한 눈빛에 긴장했다. 다른 때보다도 솔깃한 표정이었다. 탄은 침을 한 번 꼴깍 삼키고는 이야기를 시작했다.

육지에서 먼 바닷가 마을에 '콩'이라는 키가 아주 작은 아이가 살았다. 몇 달에 한 번씩 집에 들어오는 아버지 대신 집안일을 도맡아 했다. 자신의 처지를 답답하게 생각하던 콩은 배를 타고 수평선 너머까지 가 보는 게 소원이었다.

'아, 저 바다 너머에는 무엇이 있을까? 분명 여기에는 없는 다른 무언가가 있을 거야. 새로운 세상이 펼쳐져 있겠지?'

호기심 많은 콩은 매일 뒷산에 올라 바다 너머의 세상을 상상했다. 그러던 어느 날, 콩은 더 이상 참을 수 없어 천지신명께 빌었다. 바다 너머의 세상에 갈 수만 있다면 무엇이든 하겠다고. 그러자 신령이 나타나 소원을 들어주겠다고 했다. 콩이 섬이 되어 바다를 건너야 한다는 조건을 붙였다. 다 건너고 나면 다시 사람으로 돌아온다고 하니 콩은 고민 없이 그러겠다고 했다. 건너다가 잠시라도 멈추면 그대로 섬이 되어 버린 채 사람의 모습으로 돌아올 수 없다고 했지만 콩은 걱정하지 않았다. 절대 그럴 리는 없다고 생각했다.

결국 신령의 주문으로 콩은 섬이 되어 바다를 건너게 되었다. 바다는 뭍에서 바라보던 때와는 그 느낌이 달랐다. 푸른 비단을 깔아 놓은 듯 눈이 시리도록 푸르렀다. 햇살이 닿을 때마다 은빛 피라미 떼가 뛰노는 것처럼 물결이 반짝였다. 아름다운 바다에 흠뻑 취해 있던 콩은 깜짝 놀라 자기 몸을 살폈다. 몸 어디에선가 소리가 났기 때문이다. 몸 아래쪽 동백나무에서 나는 소리였다.

"엄마, 나 이제 조금 나아진 거 같아요. 숨쉬기가 훨씬 좋아요."

동백나무 둥지 안에서 아픈 아기 동박새를 어미 동박새가 끌어안고 있었다.

"오, 그래? 정말 다행이구나, 아가야. 이 섬이 너에게 딱 맞는 환경인가 보구나."

"그런 거 같아요. 엄마, 나 더 살 수 있는 거겠죠?"

"아무렴, 그렇고말고. 오래오래 행복하게 살 수 있을 테니 걱정하지 마."

아기 동박새는 기쁜 마음을 감출 수 없는지 어미 새 날개 밑에서 얼굴을 비비며 좋아했다.

동박새들의 이야기를 듣고 있던 콩은 심장이 쿵 내려앉았다.

'뭐야, 난 바다만 건너면 원래 내 모습으로 돌아갈 건데…….'

콩은 머리가 아팠다. 만약 자신이 사람으로 돌아가면 나아지고 있는 아기 동박새의 병이 악화될 수도 있다고 생각하니 혼란스러웠다.

'에잇, 알 게 뭐야.'

콩은 복잡한 생각을 떨쳐 버리려고 머리를 흔들어 댔다.

"여기까지야."

"뒤는 아직 생각 안 했어?"

탄의 이야기에 넋을 놓고 있던 설홍은 아쉬운 듯 말했다. 달콤한 잠에 빠져 있다가 깬 느낌이었다.

"아직 완성 안 됐다고 했잖아. 언젠가는 마무리해야지."

"혹시 콩이 너 아냐?"

"뭐?"

"키도 작고 집안일도 도맡아 하고, 딱 넌데?"

"나 아냐. 이야기는 이야기일 뿐이야."

탄은 정색하며 말했다.

"아니면 말고. 근데 이번 이야기는 여기까지만 들어도 너무 좋다. 얼른 완성해 봐."

그냥 하는 말이 아닌 것 같아 기분이 좋아진 탄이 밝은 표정으로 말했다.

"콩이가 결국 섬의 모습으로 남는 걸로 끝내려고 했는데 머릿속이 복잡해졌어. 왜 섬으로 만들어야 하는지 판단이 안 서. 섬이 되어 남는다는 건 동박새를 위해서 콩이 자신의 삶을 포기하는 거잖아……."

설홍은 잠시 생각하더니 말했다.

"무언가를 위해 내 걸 내놓는 게 내 삶을 포기하는 건 아니라고 생각해. 어쩌면 다 같이 잘 사는 방법이 아닐까?"

탄은 진지한 표정으로 말하는 설홍을 쳐다보았다. 설홍의 말에 아버지가 떠올랐다. 다 같이 잘 사는 방법이면 지금 이런 상황은 뭔데? 집안이 이렇게 엉망인데……. 탄은 자신의 상황을 설홍이 잘 몰라서 하는 이야기라고 생각했다.

설홍은 무슨 말을 더 하려다 그만두고 밤하늘을 바라보았다. 탄은 요즘의 복잡한 자기 심정을 설홍에게 이야기하고 싶었다. 다른 사람은 몰라도 설홍만큼은 자기 마음을 잘 알아줄 것 같았다. 그런데 어디서부터 어떻게 얘기해야 할지 모르겠다. 탄은 빈 마당에 시선을 꽂은 채 옷깃만 만지작거렸다.

잠시 후 설홍이 일어서려 하자 다급해진 탄이 불쑥 한마디 던졌다.

"아버지가 가 버렸어."

설홍이 놀란 표정으로 탄을 바라보았다.

"농민군으로 가 버렸어. 나한테 사공 일까지 맡긴 거 보면 못 돌아올지도 모른다고 생각하나 봐."

순간 설홍은 얼굴이 굳어지더니 아무런 말도 하지 않았다. 한참 뒤 허공을 응시하며 말했다.

"너희 아버진 참 대단하셔. 전부터 사람들을 위한 일이라면 앞 장서서 하시더니……."

탄이 고개를 획 돌려 설홍을 쳐다보았다. 자기편을 들 줄 알았는데 한 대 맞은 기분이었다. 아버지를 두둔하는 설홍에게 서운한 마음이 들었다.

"뭐가 대단해? 식구들 나 몰라라 하는 게 대단한 거야?"

탄이 따지듯 묻자 설홍은 당황스러웠다.

"그걸 나 몰라라 한다고 말하면 어떡해? 지금 세상을 바꿔 보자고 다들 목숨 걸고 나서는 거 몰라?"

"세상이 바뀌면 뭐 해? 식구들 다 죽고 나서 바뀌면 무슨 소용이냐고."

"왜 그렇게 극단적으로 생각해?"

"다른 일보다 가족부터 챙겨야 하는 거 아냐? 사람이 곧 하늘이라며. 하늘이 다 무너지고 있는데 왜 내버려 두는 건데?"

"탄아, 그러지 마. 난 생각이 달라. 당장은 힘들겠지만 힘든 걸 감수하고 해야 하는 일이 있어. 지금이 그렇다고 생각해. 석대들로 모이는 농민군들이 가족을 중요하게 생각하지 않아서 그러는 거 같아? 무엇보다도 중요하게 생각하니까 그럴 수 있는 거야. 준이가 사는 세상이 계속 이랬으면 좋겠어? 나중에 네 자식들이 계속 이런 세상에서 살면 좋겠냐고. 사람대접도 못 받으면서 말이야……."

탄은 말없이 숨만 크게 몰아쉬더니 벌떡 일어났다.

"어머니가 돌아가신 날에도 아버진 집에 없었어. 오늘 할머니는 씨감자 안 뺏기려다가 맞았어. 나중은 나중 일이야. 지금 당장이 이렇게 지옥 같은데 나보고 어쩌라고!"

씩씩거리는 탄을 보며 설홍은 한숨만 크게 내쉬고는 짙어 가는 어둠을 바라보았다. 순간 흥분해서 자기도 모르게 소리를 지른 탄은 겸연쩍은 마음에 설홍의 눈치를 살폈다. 둘 사이에 흐르는 정적을 깨뜨리며 설홍이 말했다.

"그만 가 볼게."

설홍이 사립문 쪽으로 걸어가는 걸 보던 탄이 주춤주춤하다 물었다.

"근데 너 할 얘기 있어서 온 거 아니었어?"

설홍이 걸음을 멈추었다. 고개를 끄덕인 뒤 뒤돌아보지 않고 걸어 나갔다. 다툼 끝에 헤어지는 것 같아 속상한 탄은 터진 입술에 통증이 와 인상을 찌푸렸다. 설홍이 두고 간 손수건이 눈에 띄었다. 탄은 핏자국이 묻어 있는 손수건을 집어 들고 한참 바라보다 주머니에 넣었다.

녹두밭 윗머리

"탄아!"

희성이 마당으로 뛰어 들어오며 다급한 목소리로 불렀다.

"희성이 형!"

마당에 있던 준은 희성을 보자 반가워하며 와락 안겼다. 희성은 준을 꽉 안아 주었다. 착하고 따뜻한 성격인 희성은 준을 볼 때마다 재밌게 놀아 주었다. 그래서인지 준은 유독 희성을 잘 따랐다.

"아침부터 무슨 일이야?"

얼굴이 하얘진 희성을 보며 탄이 물었다.

"탄아, 너 알아?"

"뭘?"

"하긴, 아직 모르니 이러고 있지."

"무슨 일이냐니까?"

"내가 소식통이긴 하지만 이번 일만큼은 네가 먼저 알고 있을 거라 생각했는데⋯⋯."

마을에 무슨 일이 생기면 읍내에 살고 있는 희성이 제일 빨리 알고 전해 주었다. 더군다나 집이 여러 사람이 드나드는 약방이다 보니 이런저런 소식이 모여들었다.

"도대체 뭔데 그래? 뜸 들이지 말고 얼른 얘기해 봐."

탄이 다그쳐 물었다.

"설, 설홍이가⋯⋯ 간대."

"무슨 소리야?"

"의, 의병으로 간다고. 그게 말이 돼? 아무리 설홍이가 싸움을 잘해도 거긴 진짜 전쟁터잖아. 여자애가 겁이 없어도 너무 없는 거 아냐?"

탄은 순간 멍한 얼굴이 되어 아무 말도 하지 못했다. 그러다가 겨우 정신을 차린 듯 머리를 몇 번 흔들었다. 희성도 한숨을 푹 내쉬었다.

"너한테는 얘기했을지도 모른다고 생각했어."

"어디서 들었어? 누가 그래?"

"우리 숙부한테 들었어. 설홍이 당숙이랑 같은 동학 모임 하잖아. 우선 나만 알고 있으라고 귀띔해 줬어."

탄은 입술을 꽉 깨물었다.

"이번 의병들은 죽기를 각오하고 가야 한다던데……."

희성은 벌써부터 불안한 듯 어쩔 줄 몰라 했다. 힘이 쭉 빠진 탄은 그 자리에 털썩 주저앉았다.

"탄아!"

희성이 탄을 붙잡았다.

"형! 왜 그래? 어디 아파?"

준이 놀랐는지 왕방울만 해진 눈으로 물었다.

탄은 농민군으로 가 버린 아버지에 대한 배신감에 아직도 속이 욱신거리는데 설홍까지 간다니 머릿속이 하얘졌다. 자기에게 한마디 의논도 없이 결정했다는 사실이 서운하다 못해 화가 났다. 날 친구로 생각하긴 한 거야? 어떻게 나한테……. 탄은 배신감에 얼굴이 울그락불그락했다.

"형!"

준이 탄의 팔을 흔들며 울먹였다.

"준아, 탄이 형 아픈 거 아냐."

"정말? 근데 왜 아픈 것처럼 이래?"

"골똘히 생각하느라 그래."

그제야 준이 안심한 듯 고개를 끄덕였다.

"준아, 형이랑 뒷마당 가서 약방놀이 할까?"

희성은 탄을 잠깐이라도 혼자 있게 해야겠다고 생각했다. 탄과 설홍은 자주 티격태격 말싸움을 하긴 해도 둘의 우정은 질투가 날 정도로 돈독했다.

희성은 준과 놀아 줄 때 약방놀이를 자주 했다. 풀이나 잔가지들을 모아 약재인 양 시늉을 냈다. 주로 희성이 의원 역할을 하고, 준이 환자가 되었다.

"약방놀이? 좋아."

약방놀이라는 말에 신이 난 준이 희성의 손을 잡아끌었다. 희성은 탄의 눈치를 살피며 준을 데리고 뒷마당으로 갔다.

멍하니 자리에 앉아 있던 탄은 벌떡 일어났다. 무슨 말이라도 좋으니 직접 들어야 했다. 탄은 설홍의 집으로 쉬지 않고 달렸다. 달리는 동안 아무 생각도 할 수가 없었다. 아버지가 간다고 했을 때와는 또 다른 막막함이 거세게 가슴을 치고 들어왔다.

아궁이에 불을 지피려고 땔감을 넣던 설홍은 멈칫했다. 숨을 헐떡이며 들어서는 탄을 본 것이다. 탄은 설홍을 쏘아보았다. 설홍은 무슨 영문인지 몰라 당황해하다 이내 한숨을 내쉬었다. 찾아온 이유를 직감했다.

"너…… 가는 거 맞아?"

설홍은 아무 대답도 하지 못했다. 그런 설홍을 보면서 혹시나 했던 탄의 마음이 와르르 무너졌다.

"어쩌면 한마디 말도 없이. 너한테 난…… 뭐냐?"

서운함과 원망이 뒤섞인 탄의 눈빛에 설홍은 움찔했다.

"저번에 갔을 때 말하려고 했어……."

저번에 언제? 혹시 그때인 거야? 탄은 며칠 전 이방이 다녀간 날 설홍이 찾아와 뭔가 말하려다 말았던 게 떠올랐다.

"그럼 저번에 그 말 하려고 우리 집에 왔었던 거야?"

"할머니 다치고, 아버지 농민군으로 가셨다고 너 흥분해서 막 그랬잖아. 그런 너한테 어떻게 말해……. 망설이다 결국 말 못 하고 온 거야."

"그걸 말이라고 해? 그래도 말은 했어야지. 그럼 그냥 떠나려고 했어? 내가 다른 사람한테 네 소식을 들어야 하냐고."

씩씩거리던 탄의 눈시울이 붉어졌다. 아이, 이런 거 따지자고 온 게 아니잖아. 처음엔 따지고 싶었다. 가장 친한 친구인 나한테는 미리 말을 했어야 하지 않냐고. 하지만 오면서 생각하니 그런 건 중요하지 않았다. 설홍을 못 가게 해야 한다. 달래서 우리 곁에 있게 해야 한다. 그런데 막상 설홍을 보자 다시 화가 났고 따지기부터 한 것이다.

설홍의 눈시울도 뜨거워졌다.

"난 너한테 종종 내 마음을 얘기했어. 몰랐다면 네가 못 알아먹었을 뿐이지……."

탄은 멍한 표정을 지었다. 언제 뭘 말했다는 거야? 탄은 아무리 생각해도 그때가 언제인지, 어떤 식으로 말했는지 잘 모르겠다. 뭐야, 괜히 할 말 없으니까. 혹시 그때인가? 탄은 문득 전에 설홍과 나눈 이야기가 떠올랐다.

"동학에서 말하는 그런 평등한 세상이 온다면 정말 뭐든 할 거 같아. 차별도 없고 자기 능력으로 살 수 있는 세상이 된다면 진짜 좋겠지?"

설홍은 마치 그런 세상이 오기라도 한 것처럼 설렌 표정으로 말했다.

"그걸 말이라고 해? 온다면야 좋지. 그런데 올까? 아니 오게 내 버려 둘까? 모든 사람이 평등해지는 그 꼴을 양반들이 가만 보고 있겠어?"

"뭐든 그냥 주어지지는 않지……. 맞서 싸워야 한다면 난 기꺼이 동참하겠어."

그때는 그냥 하는 이야기로만 생각했다. 이렇게 의병으로 간다고 할 줄은 꿈에도 생각하지 못했다. 탄은 심장이 쿵 내려앉았다. 그렇게 내내 품었던 생각이라면 쉽게 마음을 바꾸지 않을 것 같았다. 탄은 어떻게든 설홍의 마음을 돌리고 싶었다.

"너 하고 싶은 일들이 있잖아. 우리가 같이 하려고 했던 것들도 있잖아."

설홍은 무슨 뜻인지 얼른 못 알아듣는 것 같더니 이내 생각난 듯 말했다.

"갔다 와서 하면 되지. 내가 뭐 죽으러 가?"

"이번 싸움 많이 힘들 거란 얘기 들었어. 거길 네가 가겠다는 거잖아."

"그러니까 가서 싸우고 싶어. 이런 세상이 계속된다면 우리가 그걸 할 수 있겠어……?"

탄과 설홍은 세상이 이토록 시끄럽기 전까지는 가끔 둘이서 뒷산에 올라 밤하늘을 보았다. 둘 다 별을 좋아했다. 까만 밤하늘에 반짝반짝 빛나는 별을 보고 있으면 너무나도 황홀했다. 저 너머에는 이 세상과는 다른 신비의 세계가 있을 것만 같았다. 별들은 크기가 조금씩 달라도 모두 저마다의 빛으로 반짝였다. 탄은 이야기를 만들어 내는 걸 좋아해 별을 보며 어울리는 이름도 지어 보고, 그럴듯한 사연도 만들어 냈다. 그러면 설홍은 맞장구를 치며 들어 주었다.

"넌 이야기 지어 내는 재주가 좋으니 나중에 꼭 유명한 이야기꾼이 되어야 해."

"응, 꼭 되고 싶어. 그러려면 책도 많이 읽어야 하는데……. 아, 나도 세책점에서 책을 빌려다 볼 수 있으면 얼마나 좋을까? 돈이 없기도 하지만, 어렵게 돈을 구해 가도 읽을 만한 책은 다 양반들 차지니 그림의 떡이지."

"그러니 새로운 세상이 와야지. 그럼 마음껏 빌려 볼 수 있을 거야."

"그럴 수만 있다면 정말 좋지."

탄은 생각만 해도 가슴이 설렜다.

"마을의 저 불빛들이 꼭 밤하늘의 별 같다."

산 아래 집집마다 밝힌 등불을 보며 탄이 꿈꾸듯 말했다. 설홍도 고개를 끄덕였다.

"그러네. 여기서 보니 모두 별처럼 예쁘네."

"그렇지? 속사정이야 다 있겠지만 말이야. 그러면 저 하늘의 별들도 사람들처럼 다 속사정이 있을까?"

탄이 웃으며 말했다. 설홍도 따라 웃었다.

"설홍아!"

"응?"

"우리 하늘에 대해 공부해 보지 않을래?"

"천문학을 하자는 거야?"

"아니, 뭐 그렇게 학문으로 파고들자는 건 아니야. 넌 궁금하지 않아? 동학에서 사람이 곧 하늘이라고 하니 하늘에 대해 공부해 보고 싶더라고. 그러면 더 멋진 사람들의 이야기를 만들 수 있을 거 같아."

"난 멋진 장군이 될 건데?"

"여자가 장군이 될 수 있겠어?"

"세상이 바뀌면 여자도 될 수 있어."

탄은 잔뜩 상기된 설홍의 얼굴을 바라보았다. 꼭 되고 말겠다는 의지가 눈에서 반짝였다. 그래, 설홍이는 장군이 되면 아주 멋지게 잘 해낼 거야.

"너 그거 알아? 멋진 장군이 되려면 하늘에 대해서 누구보다 더 잘 알아야 되는 거."

"왜?"

"하늘의 움직임은 땅과 자연과 사람의 움직임과 다 관계가 있 거든. 싸움의 지략은 그런 변화를 잘 파악해야 하는 거라고."

설홍은 감탄한 얼굴로 탄을 쳐다보았다. 보통 때는 지극히 현실 적이고 이성적인데, 저런 말을 할 때는 또 다른 모습이었다. 감성 이 풍부하고, 다른 친구들이 생각지도 못하는 멋진 말을 할 때가 있다. 순간 설홍은 마음이 싸하니 쓰려 왔다. 탄이 늘 현실적인 일에만 매달려야 하는 게 안타까웠다. 어쩌면 저런 감성을 틈틈 이 터트릴 기회조차 허락하지 않는 집안 사정 때문에, 늘 자기 생 각대로 사는 아버지에 대한 원망이 더 크리라는 생각이 들었다.

"내 얼굴에 뭐 묻었어? 왜 그렇게 봐?"

"네 말에 동의해. 자기가 하고 싶은 일을 하기 위해선 먼저 준 비가 필요하지. 좋아, 공부해 보자. 나도 관심이 없지는 않으니까. 우리가 같이 공부하면 하늘에 대해 새로운 사실을 발견하게 될 지도 모르고 말이야."

"나는 멋진 이야기꾼이 되고, 너는 장군이 되고, 희성이는 의원 이 되고, 진구는 큰 상인이 되고. 와, 정말 다 그렇게 되면 만나서 할 이야기가 많겠다."

같이 공부하자는 설홍의 말에 기분이 좋아진 탄은 들뜬 목소리로 말했다. 뭐든 설홍과 함께하면 흥도 나고 잘 할 수 있을 것 같았다. 탄은 앞으로도 설홍과 같이 할 수 있는 일들을 더 찾아봐야겠다고 생각했다.

설홍은 같이 공부하자는 자신의 말에 좋아하던 탄의 얼굴이 떠오르자 미안한 마음이 들었다. 설홍도 알고 있다. 탄의 말대로 이번 싸움이 많이 힘들 것이라는 걸. 그래서 두려운 마음도 크지만 그럴 때마다 아버지 얼굴이 떠오른다.

설홍의 아버지는 몰락한 양반이다. 워낙 바른말 하기를 좋아해 조정 회의 때 조금이라도 자기 실리를 위해 꼼수를 쓰는 게 보이면 지위 고하를 막론하고 바로 지적하고는 했다. 그래서 주위 대신들로부터 미운털이 박혔다. 특히 야금야금 조선을 파먹으려는 일본 속셈에 동조하는 친일파들에게는 눈엣가시였다. 결국 그들의 계략으로 벼슬자리에서 쫓겨나고 말았다.

그런 아버지 밑에서 설홍은 아주 어렸을 때부터 검술과 말타기를 배웠다. 원래 무예를 좋아했지만 아버지가 적극적으로 가르쳤다. 여자라고 대충 봐주는 게 없었다. 자존심이 강한 설홍도 너무 힘들어 울 정도로 모질게 가르쳤다.

"올바른 정신을 가지려면 체력부터 길러야 하는 법이다. 또한 여자라도 나라가 위기에 처하면 언제든 나설 수 있도록 무예를 갈고 닦아야 한다."

동학의 가르침대로 살던 설홍의 아버지는 접주가 되어 동학란 1차 고부 봉기 때부터 참전했다. 동학군이 황토현에서 승리를 거두고 전주성에 입성하자 위기를 느낀 조정에서 청나라를 끌어들였고, 결국 일본군도 들어오게 되었다. 조정과 탐관오리에 맞서 싸우던 동학 농민군은 척왜斥倭를 외치며 싸워야 했다. 청일전쟁에서 승리한 일본군이 본격적으로 조선을 삼키려 했기 때문이다. 노골적으로 야욕을 드러낸 일본군을 물리쳐야 했던 농민군은 공주로 진격해 갔다. 하지만 사거리가 800미터인 소총을 가진 일본군에게 사거리가 100미터인 화승총으로 대항한 농민군은 우금치 전투에서 패하고 말았다. 그때 설홍의 아버지는 다쳐서 집으로 돌아왔다. 치료를 받으며 회복하던 중에, 관군이 잡아다가 죽기 직전까지 두들겨 팼다.

반송장이 되어 돌아온 아버지를 보자 설홍은 피가 거꾸로 솟았다. 어떻게 사람을 이 지경으로 만들 수 있는지 도저히 이해할 수 없었다.

"아버지!"

설홍은 아버지를 끌어안고 싶었지만 너덜너덜해진 몸이 행여나 어찌 될까 두려워 차마 손을 대지 못했다. 넋이 나간 어머니를 붙들고 억울함에 몸만 부르르 떨었다. 아버지는 결국 며칠을 버텨 내지 못했다. 눈을 감기 전, 마지막 남은 힘을 다해 하나밖에 없는 자식인 설홍에게 당부했다.

"넌 이제 어린애가 아니다. 세상이 어찌 돌아가는지 잘 보아라. 잘 보면 네가 무엇을 해야 할지 보일 게다. 절대 부끄러운 삶을 살지 말아라."

"네, 아버지……!"

설홍은 눈물을 닦아 내며 굳게 다짐했다.

"도대체 누가 누구더러 혹세무민이라 하는 건지……. 이 나쁜 놈들. 사람들을 속이고 홀려 세상을 어지럽히는 게 진짜 누구인지 보여 줘야 하는데……."

아버지는 더 이상 어찌하지 못하고 이대로 가야 하는 게 화가 나고 분통이 터지는지 벌게진 눈에 힘을 주었다. 그러다가 이내 힘이 스르르 풀리면서 잡고 있던 설홍의 손을 놓았.

아버지의 상여가 나가던 날, 설홍은 하늘을 보며 다짐했다. 세상 돌아가는 거 잘 지켜보며 절대로 부끄럽게 살지 않겠다고. 구름 한 점 없는 맑은 날이었다.

"설홍아, 가지 마……. 이번 싸움에 함부로 나서면 안 돼. 저쪽 무기들이 엄청나다고 들었어."

"탄아, 미안해. 난 아버지와 한 약속을 지켜야 해. 그건 나 자신과의 약속이기도 하고. 시기가 내 예상보다 빨리 오긴 했지만 지금 눈감아 버리면 정말 봐야 할 것들을 영영 못 보게 될 것 같아. 그리고 두고두고 후회할 거 같아."

탄은 은근히 화가 났다. 계속 매달리고 있다. 아버지에게 매달리고, 설홍에게 매달리고. 그리고 계속 거절당하고만 있다. 아버지에게 거절당하고, 설홍에게 거절당하고.

탄은 아무 말도 하지 않고 그대로 뒤돌아서 설홍의 집을 나왔다. 뒤에서 설홍이 불렀지만 그냥 계속 걸었다. 집을 향해 걷던 탄은 나루로 방향을 틀었다. 이대로 집에 들어가면 시끄러운 속이 쉽게 진정될 것 같지 않았다.

바다 앞에 선 탄은 연신 숨을 몰아쉬었다. 바닷바람으로 들끓는 속을 가라앉히고 싶었다. 한참 바다를 바라보던 탄은 깊이를 알 수 없는 바다가 미워졌다. 도대체 알 수 없는 아버지나 설홍의 마음속 같았다. 아버지는 그렇다 치고, 다 안다고 믿었던 설홍까지 저러니 너무 당황스럽고 낯설게 느껴진다. 그동안 내가 설홍에게 놓친 게 뭘까? 에잇, 더는 생각하지 않을 거야. 탄은 머리를 흔들며 상념을 털어 내려다가 털썩 주저앉았다. 아버지와 설홍, 자신을 지탱해 주던 버팀목이 빠져나간 것 같았다. 그때 아이 둘이 노래를 부르며 지나갔다.

새야 새야 파랑새야
녹두밭에 앉지 마라
녹두꽃이 떨어지면
청포 장수 울고 간다.

노래를 듣던 탄은 문득 지난번에 설홍과 함께 뒷산 녹두밭에서 나눈 대화가 떠올랐다.

탄은 땔감을 하러 가고, 설홍은 탈립(이삭이나 줄기에서 곡식이 떨어짐)되기 전에 녹두를 수확하러 뒷산으로 갔다. 녹두는 다른 콩과 작물과 달리 생육 기간이 90일 이상 오래 걸려 수시로 수확해야 한다.

탄과 설홍은 먼저 땔감부터 같이 마련한 뒤에 녹두 수확도 함께 하기로 했다. 어릴 때부터 틈만 나면 산에 올라 놀았던 터라 둘은 지친 기색 없이 여기저기 돌아다니며 땔감을 모았다. 지게에 땔감이 모아지자 둘은 녹두를 따러 갔다. 성숙기가 시작되어서인지 꼬투리가 검정색으로 변해 갔다. 둘은 익은 꼬투리들을 부지런히 따서 자루에 담았다.

"땔감은 산에 와야만 할 수 있지만 녹두는 아니잖아. 그런데 왜 너희 밭에서 재배를 안 해? 야산에서 키우면 이렇게 왔다 갔다 살피기 힘든데."

"그래도 어머니는 이게 효자 콩이래."

"효자 콩?"

"녹두는 이런 척박한 야산에서도 잘 자라 수탈을 피할 수 있으니까."

"?"

"논이나 밭에서 키운 작물이 어디 남아나는 게 있어? 냄새는 기막히게 잘 맡아 악착같이 뺏어 가잖아. 녹두는 이런 데서도 잘 자라 남겨 둘 수 있으니 얼마나 다행이야."

"아, 맞네. 효자 콩."

탄은 고개를 끄덕이며 말했다.

"너 이거 보여?"

"뭔데?"

탄은 설홍이 가리키는 녹두 꼬투리 가까이로 다가갔다. 특별한 게 보이지 않았다.

"그냥 꼬투리잖아."

"꼬투리는 꼬투린데 다른 콩 꼬투리하고는 좀 달라. 여기 잘 봐. 꼬투리에 털이 거칠게 나 있어."

탄은 다시 꼬투리를 자세히 살펴보았다. 정말 거센 털들이 나 있었다. 탄은 이게 어쨌는데, 하는 표정으로 설홍을 쳐다보았다. 설홍은 줄기에 달린 꼬투리 하나를 손으로 잡고 힘을 주었다. 그러자 타닥, 타다닥 하며 꼬투리가 터졌다.

"난 거센 털이 나 있는 녹두 꼬투리가 좋아. 작지만 깡이 있어 보이고, 쉽게 내주지 않겠다는 의지도 있어 보이거든."

"치, 이 콩알만 한 걸 너무 쳐주는 거 아냐?"

탄은 웃으면서 말했다.

"탄아."

설홍은 진지한 얼굴로 탄을 쳐다보았다.

"응? 뭐, 뭐냐. 그런 심각한 표정⋯⋯."

"우리 어머니가 그랬어. 지금 세상이 꼭 녹두밭 윗머리 같다고."

"녹두밭 윗머리?"

"녹두가 척박한 땅에서 잘 자라는데 그런 땅보다 위니 얼마나 척박하겠어. 지금 우리가 그렇게 힘들게 살고 있다는 거야."

설홍의 말끝에 탄은 생각했다. 그렇지, 살기 힘들지. 그런데 살기 힘든 건 우리 백성들뿐이잖아. 우린 종일 일해도 만날 끼니 걱정을 해야 하고, 양반들은 일하지 않아도 잘만 먹고살고. 그러고 보면 세상이 살기 어려운 게 아니라 불공평하고 더러운 거네.

"그거야 뭐 그렇지."

"난 세상이 확 뒤집어지면 좋겠어."

힘주어 말하는 설홍의 눈빛이 강렬했다.

"전부터 생각한 거지만 네가 남자로 태어났어야 했는데⋯⋯."

"왜 그렇게 생각해? 너도 이런 생각은 남자만 해야 한다고 생각하는 거야? 내가 그 말 싫어하는지 알잖아. 다신 하지 마."

설홍은 기분 나쁜 표정으로 말했다. 탄은 멋쩍은 듯 머리를 긁적이다가 땅에 떨어진 녹두알을 집어 들며 말했다.

"뒤집어진다고 달라질까?"

"당연히 달라지지. 밭도 다른 작물을 심으려면 확 갈아엎잖아. 세상도 다른 세상이 되려면 그래야지."

탄은 고개를 끄덕였다. 넌 이 녹두알처럼 언제나 단단하구나.

가끔은 너의 이런 모습이 부러워. 탄은 한 번도 설홍의 약한 모습을 본 적이 없다. 속마음이야 어떻든 보여 주는 모습은 늘 당찼다. 비스듬히 기운 햇살이 설홍의 옆얼굴을 환하게 비추었다. 얼굴선이 참 곱다고 생각하던 탄은 화들짝 놀라며 시선을 거두었다.

"우리 사총사도 녹두처럼 잘 이겨 내고 멋지게 살아 보자."

"우리가 뭐 녹두알이냐?"

"까짓, 녹두알 하지 뭐. 우리 같은 녹두알이 뭉치면 못 할 것도 없겠다."

설홍은 탄의 말에 픽 웃으며 말했다.

"애고, 난 모르겠다. 오늘 당장 이 땔감들 아궁이에 넣고 고실한 밥 지어 우리 가족 배부르게 먹으면 원이 없겠다."

탄은 지게 옆에 벌러덩 누웠다. 산 아래로 오밀조밀한 마을 전경이 보였다. 밥 짓는 아궁이처럼 따스한 훈기가 느껴졌다.

탄은 그때 왜 설홍이 그런 말을 했는지 이제야 이해되었다. 하지만 이런 식으로 가 버릴 줄은 생각도 하지 못했다. 그리고 누구보다도 자기한테 먼저 말했어야 했다. 가장 친한 친구라고 생각했다면 어떤 변명도 있을 수 없다. 탄은 자리에서 일어났다. 바람이 쌩하고 앞에서 불어왔다. 탄은 바람에 맞서기라도 하듯 집을 향해 빠른 걸음으로 걸었다.

"형!"

준이 마당으로 들어서는 탄에게 뛰어왔다.

"희성이 형이 새 다리 고쳐 주고 있어. 얼른 와서 봐. 진짜 의원 같아."

탄은 준을 따라 뒷마당으로 갔다. 정말 다친 새를 희성이 치료해 주고 있었다. 얇은 천으로 다리를 감싼 뒤 실로 묶었다. 아버지와 숙부가 의원인 희성은 틈틈이 의술을 배우고 있어서 이 정도는 식은 죽 먹기였다.

"어떻게 된 거야?"

탄이 다가가며 물었다.

"약방놀이를 하고 있는데 저쪽에서 요 박새가 다리를 절뚝이며 다가오잖아. 정말 우리가 차린 약방에 찾아오듯이 말이야."

희성은 마치 첫 환자를 맞이한 것처럼 설레는 투로 말했다.

"그렇게 한다고 낫겠어?"

"그래서 내가 데려가려고."

희성은 박새를 조심히 저고리 주머니에 넣었다.

"형, 새 데리고 가서 같이 사는 거야?"

준은 서운한 듯 말했다.

"나을 때까지만 데리고 있다가 날려 보낼 거야. 새는 훨훨 날아야 하니까."

희성은 탄의 얼굴을 살피면서 말을 이었다.

"설홍이한테 갔었어? 정말 가는 거 맞아?"

탄은 아무 말도 하지 않고 앞마당으로 갔다.

저녁이 되자 할머니가 보리밥을 지어 상을 차렸다. 밥알이 따로 놀았지만 김이 모락모락 나 맛있게 보였다. 간장과 나물 한 가지도 함께 올라왔다.

"집에 보리쌀이 있었어요?"

다 뺏긴 줄 알았던 탄은 놀란 눈으로 물었다. 준은 달려들어 먹기 시작했다.

"즈그들이 아무리 날고뛰어 봤자 나한텐 안 된다. 절대로 못 찾을 곳에다가 숨겨 뒀제."

"거기가 어딘데요?"

"넌 모르는 것이 약이여."

"절 못 믿으세요?"

"이놈아, 못 믿는 게 아니라 나중에라도 안 들키려면 모르는 것이 낫다는 것이여. 어여 먹기나 혀."

어느새 절반을 먹어 치운 준의 밥그릇에 할머니가 자신의 밥을 덜어 주며 말했다.

"어이구, 썩을 놈들. 우리가 먹고살아야 일해서 뺏겨 주제. 굶어 죽어 일 못 하면 뺏어 갈 게 뭣이 있다고."

탄은 할머니의 탄식을 반찬 삼아 보리밥을 우걱우걱 씹었다.

"형, 아버지는 언제 와?"

잠자리에 누운 준이 탄의 품속으로 파고들며 물었다.

"……."

"혀엉, 아버지 언제 오냐고?"

대답 없는 형을 흔들며 준이 다그쳤다. 탄은 뒤돌아 누워 버렸다. 곧 올 거란 말도, 어쩌면 못 올지도 모른다는 말도 할 수가 없었다.

"형……, 형은 어디 가지 마. 알았지?"

준이 형의 등을 껴안으며 나직이 말했다. 탄은 울컥 가슴이 뜨거워졌다. 자기를 꽉 잡고 있는 어린 동생의 손에서 온기가 온몸으로 사르르 퍼졌다. 눈물 한 줄기가 베갯잇으로 스며들었다.

"탄아, 설홍이가 가기 전에 한번 모이재. 뒷산 넙적바우에서 보자고……. 결국 떠나나 보네."

이튿날 아침, 진구가 어두운 표정으로 탄을 찾아왔다.

넙적바우는 크고 널찍해서 여러 명이 앉을 수 있는 뒷산 중턱에 있는 바위다. 사총사는 비밀스러운 이야기를 할 때나 밖에서 만날 때는 이 넙적바우에서 모였다.

"난 안 가. 너희들끼리 만나."

"야, 네가 안 가면 안 되지. 설홍이 그냥 보낼 거야?"

"가든지 말든지 난 상관 안 한다고."

"그러지 마. 난 지금 설홍이가 떠난다는 것만 생각해도 가슴이 막 울렁거리는데……."

"어디 가? 나도 따라갈래."

준이 측간(변소)에서 나오며 말했다.

"형 어디 안 가."

탄은 빗자루를 들고 마당을 빡빡 쓸었다.

"같이 가서 설득해 보자. 가지 말라고."

희성이 사립문으로 들어서며 말했다.

"안 간다니까!"

탄이 소리를 빽 질렀다. 그러자 희성이 진구에게 그만 가자고 눈짓을 했다.

"나중에 후회하지 말고 꼭 와. 기다릴게."

희성이 진구와 함께 나가면서 말했다. 둘의 뒷모습을 지켜보던 탄은 빗자루를 휙 던져 버렸다. 사립문 옆 감나무에 앉아 있던 새가 놀란 듯 푸드덕 날아올랐다.

사총사

먼저 도착한 희성과 진구는 넙적바우에서 설홍을 기다렸다. 둘은 심란한 표정으로 아무 말도 하지 않고 앉아 있었다. 그러다가 희성이 먼저 입을 열었다.

"약방에 온 사람들 얘기 들어 보면 정말 끔찍한가 봐. 많이 죽고 다치고……."

"나도 들었어. 그런 곳에 설홍이가 간다고 생각하니 두려워."

"설홍이는 도대체 무슨 마음일까?"

"난 탄이 마음도 이해가 돼. 화가 날 만큼 걱정되는 거야."

그때 설홍이 도착했다.

"내가 좀 늦었지?"

"설홍아, 꼭 가야 해?"

불쑥 내뱉는 진구의 말에 설홍은 대답하지 못했다.

"약속 시간에 만날 늦어도 봐줄게. 그러니까 안 가면 안 돼?"

"가야 해. 내 결심에는 변함없어."

"우린 아직 어려. 네가 아무리 무술 실력이 뛰어나도 이건 아닌 거 같아."

"우리가 어려? 언제까지 어릴 건데? 그리고 전에 아버지한테 들었어. 우리 같은 애들이 한 접을 만들어 전투에 참가했다고."

설홍이 힘주어 말했다.

"그래도 이번 싸움은 많이 힘들다고……. 왜놈들 무기도 장난이 아니라던데."

희성이 잔뜩 걱정되는 얼굴로 설홍을 바라보았다.

"그래, 설홍아. 가지 마. 너 아니어도 많은 사람이 석대들로 모여들고 있대."

진구도 고개를 끄덕이며 설득했다.

"나라가 없어질 수도 있어."

설홍의 말에 희성과 진구는 놀란 눈으로 동시에 물었다.

"그게 무슨 말이야?"

"이러다가 왜놈들한테 나라를 뺏길 수도 있다고."

"조정에서 농민군 토벌해 달라고 부른 거잖아. 근데 나라를 뺏기다니?"

약방에서 들었던 게 생각난 희성이 말했다.

"지금 일본은 조선을 도와주고 있는 게 아니라 자기들이 먹기

좋게 요리하고 있는 거야. 이번 싸움에서 이기면 그다음엔 조정을 간섭해서 자기들 마음대로 할 거야."

"네가 그걸 어떻게 알아?"

"당숙 집에 갔다가 들었어."

설홍의 당숙 또한 동학 교인이다. 어려워진 사촌 형님 집안을 돕고 동학인들의 비밀 회동 장소로 본인 집을 쓰고 있었다. 형님이 세상을 떠나자 설홍을 친자식처럼 생각하며 자신의 집으로 불러 직접 공부를 가르쳤다. 이런저런 세상 돌아가는 얘기도 이따금 들려주었다.

"지금은 한창 공부할 시기지만 그냥 공부만 해서는 안 된다. 특히 이렇게 시국이 어수선할 때는 세상 돌아가는 꼴도 살피면서 지내야 한다."

설홍은 당숙을 아버지처럼 생각하며 따랐다.

"나라가 없어지면 뭐가 어쩌는데? 하늘이 무너져? 아니면 땅이라도 솟아?"

언제 왔는지 뒤에서 탄이 불쑥 말했다. 설홍은 뒤돌아 탄을 쳐다보았다. 희성과 진구도 놀란 듯 쳐다보았다.

"너 그걸 말이라고 해? 나라가 없으면 우리가 지금처럼 있을 거 같아?"

설홍은 탄의 입에서 생각지도 못한 말이 나오자 어이없다는 표정으로 말했다.

"설홍이 말이 맞아. 나라가 없으면 안 되지……. 다들 뿔뿔이 흩어지고 살기 힘들어질 거야."

희성이 나섰다. 허준처럼 훌륭한 의원이 되고 싶은 희성은《동의보감》을 틈틈이 읽으며 공부하고 있다. 허준은 모진 역경을 겪으면서도 끝끝내 백성들을 위해 의술을 펼쳤다. 허준은 의술을 펼치면서, 백성이 나라의 근본임을 한시도 잊지 않았다. 그러니 나라를 빼앗긴다는 건 곧 백성들이 힘들게 된다는 것과 같다. 나라를 잃는 건 절대로 안 될 일이라고 희성은 생각했다.

"살기 힘들어져? 그럼 나라가 있는 지금은 살기 좋고?"

탄은 비아냥거리듯 말했다. 셋은 아무 말도 하지 못했다. 탄이 무슨 이야기를 하는지는 알고 있다. 자기 백성 잡겠다고 청나라와 일본 군대를 끌어들인 나라다. 세도 정치를 일삼는 민씨 일가를 견제할 힘이 없는 나라다. 탐관오리가 자기들 곳간 채우기에 급급하고, 향리들은 그들의 수족이 되어 백성의 고혈을 빨아 대는 나라다. 앞도 뒤도 옆도 꽉 막혀 버려 백성들이 못 살겠다고 곡괭이를 든 나라다.

"네가 왜 이러는지 알아. 그래도 함부로 말하지는 마."

설홍의 말에 힘이 들어갔다.

"그래서 나라를 지키기 위해 네가 의병으로 가겠다는 거야? 왜놈들에게 나라를 맡겨 버린 벼슬아치들을 대신해서?"

"그들이 안 지키면 우리라도 지켜야지. 나라의 주인은 우리랬어. 그들이 아니라 우리 백성들이 주인이라고."

"그래? 그런데 주인이 뭐 이러냐? 아버지 뺏기고, 식량도 뺏기고, 이런 주인이라면 난 안 하고 싶다."

"너만 아버지 뺏겼냐? 우리 아버진 싸우다 돌아가셨어."

"그러니까 왜 가냐고, 왜 죽으러 가냐고!"

탄은 소리를 빽 질렀다. 가면 죽을 수밖에 없는 전쟁터인데, 아버지도 가고 친구인 설홍도 가려고 한다. 탄에게 나라 상황이 어쩌고저쩌고하는 것은 뒷일이다. 당장 눈앞에서 소중한 두 사람이 죽으러 간다고 생각하니 두렵고 화가 났다.

설홍은 놀란 듯 탄을 멍하니 바라보다 한숨을 내쉬었다.

"영원히 함께하자고 한 사총사잖아. 우리끼리 여기서 이러지 말자. 난 너무 무서워, 설홍아. 아무려면 그렇게 쉽게 나라가 없어지겠어?"

진구가 금방이라도 울 것처럼 울먹이며 말했다.

"쉿! 저기 누가 온다. 무슨 일이지? 여기는 좀처럼 사람이 다니지 않는 곳인데……."

모두 희성이 가리키는 곳을 보았다. 소리가 점점 가까워졌다. 그런데 말소리 가운데 일본 사람 말투도 들려왔다. 조선말이지만 분명 어투가 일본 사람이다. 다른 두 사람은 조선인이 분명하다.

"왜놈과 같이 있는 조선 사람이라면 친일파일 가능성이 높아. 이쪽으로 숨어!"

설홍이 반사적으로 몸을 숙여 넙적바우 밑으로 들어가며 말했다. 바위 밑에는 여럿이 들어갈 수 있는 꽤 넓은 공간이 있다. 바위 앞에 마른 풀숲이 있어 다른 사람 눈에는 잘 띄지 않지만 풀숲만 헤치면 아늑한 비밀 공간이 나온다는 것을 사총사는 알고 있었다. 희성과 진구는 어리둥절한 채 얼른 따라 들어갔다. 탄이 엉거주춤 서 있자 설홍이 팔을 잡아 바위 밑으로 끌어들였다.

"저 사람들 갈 때까지 소리 내지 마."

설홍은 입에 검지를 갖다 대며 속삭였다. 모두 알았다는 표시로 서로 눈빛을 주고받았다. 넙적바우 앞으로 가까이 다가오던 세 사람이 멈춰 섰다.

"죽여도 살아나고, 죽여도 살아나고. 어휴, 질긴 놈들."

넙적바우 앞에서 한 조선인이 말했다. 그러자 또 다른 조선인이 바닥에서 마른 풀을 한 움큼 뜯어내며 말했다.

"밟아도 밟아도 이렇게 다시 자라나는 잡초 같은 놈들이지."

"그러니까 밟지 말고 뿌리째 뽑아 버리라고."

일본인이 말했다.

"정말 움직임을 알아다만 주면 물건을 받을 수 있게 해 주시는 거죠?"

"어느 길로 모여드는지만 제대로 알아 가지고 와."

"그건 걱정하지 마십쇼."

"혹시라도 이중 첩자질 하면 너희 목숨만이 아니라 처자식들 모두 단칼에 없어질 줄 알아."

"아이고, 절대로 그럴 일 없습니다요."

세 사람은 이내 마을 쪽으로 내려가기 시작했다. 그들의 발소리가 들리지 않을 때까지 사총사는 넙적바우 밑에 숨은 채 나오지 않았다.

"분명 동학인들과 농민군들의 움직임을 파악하려는 걸 거야. 나쁜 놈들."

설홍은 주먹을 쥐며 친구들을 바라보았다.

"봇짐을 지고 있는 게 보부상 같아. 한 사람은 왜놈이 맞는 거 같고."

희성이 세 사람이 사라진 쪽을 살피며 말했다.

"어떻게 왜놈들한테 같은 나라 사람을 팔 수가 있어?"

설홍은 부르르 몸을 떨며 분개했다.

"저렇게 왜놈들 첩자까지 있는데……. 설홍아, 넌 안 무서워?"

진구가 사색이 되어 말했다. 관군과 싸우다 여기저기 다쳐서 돌아온 사람들, 죽어서 시신으로 돌아온 사람들을 봤던 터다. 지켜보는 것만으로도 끔찍한데 그 현장으로 간다는 설홍이 이해되지 않았다.

"근데 너를 의병으로 받아 준다고 했어?"

희성이 멍하니 있다가 말했다.

"왜? 나는 안 돼? 여자라서?"

"그, 그게 아니라……."

"여자 의병도 많아. 하지만 여자라는 건 숨길 거야. 나 때문에 조금이라도 불편한 일이 생기는 건 싫으니까."

"그게 가능해?"

"그러니까 날 모르는 접으로 들어가야지."

이미 마음을 굳힌 듯한 말투에 모두 할 말을 잃었다.

"설홍아, 네 마음은 알겠는데……."

"너도 그래? 여자는 쓸모가 없다고 생각하는 거야?"

희성의 말이 채 끝나기도 전에 설홍이 쏘아붙였다. 희성은 그런 뜻이 아니었지만 설홍의 신경이 날카로워진 것 같아 더는 말하지 못했다. 탄은 몸 안에서 물컹한 무엇이 쑥 빠져나가는 듯했다. 그 순간 알맹이가 빠져나간 꼬투리처럼 잠깐 휘청거렸다.

설홍은 남녀 이란성 쌍둥이로 태어났다. 그런데 뒤에 태어난 남동생이 그만 죽어 버렸다. 설홍 할머니는 모든 탓을 설홍에게 돌렸다. 남자인 동생이 살고, 여자인 설홍이 죽었어야 했다.

"집안 대를 잡아먹은 년. 아무짝에도 쓸모없는……. 쯧쯧."

자신을 볼 때마다 못마땅해하는 할머니 앞에서 설홍은 늘 주눅이 들었다. 아버지와 어머니는 그럴 때마다 설홍을 다독였지만 뻥 뚫려 버린 마음을 채워 주지는 못했다. 설홍 아버지는 남녀가 모두 소중하다고 믿는 동학인이지만 설홍 할머니는 손자에 대한 아쉬움을 돌아가실 때까지 갖고 있었다.

설홍은 이를 앙다물며 버텼다. 다른 남자애들보다 더 씩씩하게 커 주겠다고 다짐했다. 할머니가 돌아가신 뒤로도 그 마음은 수그러들지 않았다. 설홍은 부지런히 공부하고 틈틈이 무예도 익혔다. 무예는 아버지한테 배웠다. 처음에는 다친다며 아버지가 만류했지만 설홍이 하는 것을 보더니 웬만한 남자들보다 더 낫다며 제대로 가르치기 시작했다. 그런 도중에 설홍은 동학사상을 알게 되었다. 사람은 남녀 구별 없이 모두가 귀하고 평등하다. 동학의 인내천人乃天 사상은 설홍에게 매우 매력적으로 다가왔다. 특히 남녀가 평등하다 하니 설홍은 그런 세상이 온다면 더 바랄 것이 없겠다고 생각했다.

"어머니는 아셔?"

희성이 걱정되는 표정으로 물었다. 설홍은 가라앉은 목소리로 대답했다.

"허락하셨어. 아니, 포기하신 거지. 내가 한번 마음먹으면 하고 만다는 걸 아시니까……."

"어, 언제 가는데?"

붙잡는 걸 포기한 진구가 물었다.

"내일……."

"뭐?"

희성과 진구가 동시에 외쳤다.

"너희들도 알잖아. 지금 상황 급박한 거."

탄은 설홍을 뚫어지게 쳐다보았다. 탄의 눈길이 쏠리자 설홍은 고개를 돌렸다. 탄에게는 미안한 마음이 크다.

탄은 걸터앉았던 바위에서 벌떡 일어나 그대로 달렸다. 탄은 아무 생각도 할 수 없었다. 다만 설홍이 위험한 싸움터로 나간다는 사실만 머릿속에서 뱅뱅 돌았다. 가면 영영 못 볼 수도 있다는 생각과 함께.

"탄아!"

희성이 뒤에서 불렀지만 탄은 멈추지 않고 달렸다.

"설홍이 내일 간다는데 그냥 가 버리면 어떡해. 설홍아, 탄이 저러는 거 이해해라. 많이 서운해서 그럴 거야."

진구가 속상한 표정으로 말했다. 설홍은 멀어져 가는 탄의 뒷모습만 바라보았다.

"설홍아, 너 정말 이대로 가는 거야?"

희성이 한숨을 내쉬며 다시 한번 물었다.

"이번에 꼭 보여 줄 거야. 살기 좋은 세상을 만드는 데 여자도 뭔가 할 수 있다는 걸 꼭 보여 주고 말 거야."

"네 무예 실력은 내가 인정해. 하지만……."

"걱정하는 거 알아. 무사히 다녀올게. 나중에 이 넙적바우에서 꼭 다시 만나자."

설홍이 희성과 진구를 끌어안았다. 한참 끌어안고 있던 세 사람은 천천히 산을 내려갔다. 때마침 새 한 마리가 구슬프게 울어 댔다.

집으로 가기 위해 골목 어귀를 돌던 설홍은 인기척에 멈칫했다. 어귀에서 기다리고 있던 탄과 마주쳤다. 아무 말 없이 서 있던 탄이 입을 뗐다.

"가지 마⋯⋯."

생각지도 못한 말에 설홍은 탄을 뚫어지게 보았다. 탄은 어렵게 꺼낸 말인 듯 어쩔 줄 몰라 하는 기색이 역력했다. 설홍의 눈빛이 흔들리는가 싶더니 이내 정색하며 말했다.

"내 생각 바뀌지 않아. 미안해."

"꼭 이렇게 죽으러 가야겠어?"

탄은 빈정대는 투로 말했다.

"죽으러 가는 거 아니야. 내가 살 수 있는 세상을 위해 싸우러 가는 거야."

"혼자 계신 어머니 생각은 안 해?"

"지금 우리 어머니 걱정해서 이러는 거야?"

설홍이 굳은 표정으로 말했다.

"그게 아니라⋯⋯."

탄은 한숨을 내쉬었다. 좋아해서 너무나 걱정되는 자기 마음을 몰라주는 것 같아 답답했다. 그런 탄의 얼굴을 보며 설홍도 속상했다. 탄이 이러는 이유를 알고 있지만 모른 체해야 했다.

"모두가 평등하고 행복한 세상을 만들려면 남녀노소 할 것 없이 함께 나라를 지키고 노력해 나가야 한다고 배웠어."

"너도 우리 아버지하고 똑같은 말만 하는구나."

"난 너희 아버지 농민군으로 가신 거 훌륭하다고 생각해."

"가족이야 죽든 말든 내팽개치고 갔는데 뭐가 훌륭해?"

탄이 불끈 화를 냈다.

"나라를 지키기 위해 가신 거잖아."

"백성을 죽이는 그딴 나라가 무슨 나라라고!"

"그러니까 제대로 된 나라로 만들어야지."

탄은 인상을 찌푸렸다. 짜증이 나고 속에서 열이 나 얼굴이 확확 달아올랐다. 탄은 자기도 모르게 불쑥 내뱉었다.

"혹시 그 녀석이 의병으로 나간다고 했어? 그래서 따라가려는 거야?"

탄은 전에 설홍을 자기 집으로 초대한 남자애가 떠올랐고, 그 녀석도 의병으로 가는 게 아닌가 하는 생각이 퍼뜩 들었다.

"뭐!"

설홍의 얼굴이 싸늘하게 변했다. 화가 잔뜩 난 표정에 탄은 아차 싶었지만 왠지 속이 시원하기도 했다. 설홍이 무언가 말하려다가 그만두고는 휙 가 버렸다.

그게 아니야, 라는 말을 듣고 싶었던 탄은 허망한 듯 설홍의 모습이 보이지 않을 때까지 멍하니 서 있었다. 그러더니 자기 머리를 한 대 치며 괜한 담벼락을 발로 찼다. 모든 게 뒤엉켜 버린 것 같아 속상해 울컥 눈물이 차올랐다. 하루하루 힘든 시간 속에서도 세상을 향한 꿈을 이야기하며 함께 웃던 지난날이 떠올랐다. 그때는 그 순간들이 참으로 소중한 시간이었음을 느끼지 못했다. 그 평범한 일상의 순간들이 그리움으로 밀려왔다.

석대들의 흰 무명옷

1894년 음력 12월 4일, 농민군은 벽사역을 함락시켰다. 5일에는 장녕성을 넘고, 후에 강진현, 병영성까지 함락시켰다. 수성군守城軍은 농민군의 상대가 되지 못했다. 그러자 농민군의 사기가 다시 높아졌다. 공주에서 패한 뒤 여기저기 피신해 있던 농민군들은 장흥의 승전 소식에 기쁨을 감추지 못했다. 서로 연락을 주고받으며 다시 총궐기하자고 의기투합했다.

"남쪽에서 힘을 모아 북상합시다!"

사기를 북돋우며 외치는 이방언(장흥의 대접주로, 장흥의 농민군을 이끌고 수많은 전투를 치렀다) 장군의 지휘 아래 각지의 농민군이 속속 합류했다. 장흥에서도 농민과 어민들이 석대들로 합류하기 위해 모여들기 시작했다.

"이설홍!"

"네!"

김 접주가 갑작스럽게 부르자 설홍은 긴장했다.

"각지에서 모여드는 의병들이 많다. 여기 접주를 네가 맡아라."

설홍은 놀란 눈으로 김 접주를 바라보았다. 함께 모여 있던 의병들도 당황한 듯 서로 얼굴을 쳐다보았다. 접주를 새로 뽑게 되면 당연히 고참인 자기가 될 거라 생각한 털보는 불쾌한 표정을 감추지 못했다. 몸에 털이 많아 사람들이 이름 대신 털보라고 부르는데, 이들 중에서는 의병 활동을 제일 오래 했다.

"접주님은요?"

한 의병이 물었다.

"난 다른 곳을 맡기로 했다."

"그라믄 털보 형님이 해야 하지 않는감요?"

털보를 따르는 한 의병이 이의를 제기했다. 그러자 맞는다는 듯 모두 고개를 끄덕이며 한마디씩 했다.

"암만. 순서가 있는 것인디."

"맞습니다요. 요번만큼은 접주님이 양보하셔야 쓰겄소."

"그랑께, 이거는 아니제."

털보는 헛기침을 두어 번 했다.

"이번에는 마지막 결전이라는 각오로 싸워야 한다. 그러기에 그만큼 조직적으로 임해야 하고, 상황 판단을 잘해야 한다. 이설홍은 여러분 중에 가장 어리지만 내가 그동안 지켜본 바로는 무예가 출중하고 사리 판단이 명석하다. 상황이 상황이니만큼 내 뜻에 따라 주길 바란다."

단호한 김 접주의 말에 모두 아무 말도 하지 못했다. 설홍의 무예 실력은 다들 인정했다. 기본부터 탄탄하게 다져진 무예라 절도 있고 빈틈이 없었다. 훈련하면서 그 누구도 설홍을 이기지 못했다. 아버지에게 어깨 너머로 배운 것도 있고, 직접 가르침을 받기도 해 전략을 짜는 머리도 탁월했다. 그런 사정을 알기에 더 이상 토를 달지 못했다.

"접주라면 앞장서서 싸워야 하고, 상황 판단을 잘 내려야 하긴 하제."

설홍이 합류할 때부터 여러모로 잘 챙겨 주던 김씨가 슬쩍 흘리듯 말했다. 털보는 잔뜩 못마땅한 표정으로 침을 퉤, 뱉고는 저쪽으로 가 버렸다.

"접주님……."

다른 사람들도 마저 자리를 뜨자 설홍이 김 접주에게 다가갔다. 김 접주는 왜 그러는지 다 안다는 표정으로 설홍에게 말했다.

"거절할 생각 말고 맡아 하거라. 전쟁터에서는 명령이 곧 목숨이다."

"하지만 전……."

설홍은 자신이 어린 나이기도 하지만 여자임을 숨기고 들어온 게 마음에 걸렸다.

"무얼 망설이느냐. 해야 할 일이 있다면 주저 없이 하는 것이다. 이곳 상황이 어떤지는 너도 알고 있을 테니 두말하지 않겠다."

설홍은 아무 말도 하지 못하고 고개를 숙였다.

김 접주는 뒤돌아서 가려다 멈춰 서서 말했다.

"어린 너에게 무거운 짐이겠지만 시절이 너를 필요로 하니 어쩌겠느냐……."

설홍은 어금니를 앙다물었다. 그래, 아버지를 그렇게 만든 사람들을 혼내고, 왜놈들을 이 땅에서 몰아내는 거야. 친구들도 바뀐 세상에서 살게 하고. 그렇게 생각하자 설홍은 의지의 불꽃이 타올랐다.

"네, 알겠습니다."

설홍은 잔뜩 힘을 주어 대답했다. 아버지와 친구들 그리고 위태로운 세상을 향한 다짐이었다.

삿갓을 쓴 사내가 배에 올라탔다. 빈 배로 돌아올 수 없어 한참을 기다렸다가 태운 손님이다. 검은 두루마기에 삿갓 밑으로 보이는 희끄무레한 수염이 예사롭지 않은 분위기를 풍겼다.

손님을 살피던 탄은 이내 시선을 거두었다. 누구든 무슨 상관이야. 태워 주고 돈만 받으면 되지.

"어린 사공이구나."

배 가장자리에 앉은 삿갓을 쓴 사내가 탄을 보며 말했다.

"어린아이 아닙니다."

설홍이 의병으로 간 뒤 마음이 복잡해진 탄은 퉁명스럽게 말했다. 요즘 흉흉한 소문으로 마을이 온통 어수선해 탄은 계속 사공 일만 하고 있었다. 산에서 돌아다니다가 잘못 걸리기라도 하면 어찌 될지도 모르고, 먹고살자면 부지런히 벌어야 했다. 아직 서툴기는 하지만 조금씩 몸으로 익혀 가면서 사공 일을 계속하고 있었다.

탄의 말에 삿갓 쓴 사내는 엷은 미소를 지으며 바다로 시선을 옮겼다.

"그렇지……. 이리 배를 움직일 줄 알면 어린애는 아니지. 그래도 아직은 공부해야 할 나이인데 나라가 이 모양이니. 음, 어서 새로운 세상이 와야 할 텐데……."

새로운 세상이라는 말에 탄은 멈칫했다. 자신에게 가장 소중한 사람들이 새로운 세상을 위해 곁을 떠났다. 새로운 세상이 오면 좋을지 모르지만 그런 세상이 오기 전에 잃어버리고 아파해야 할 것이 너무 많다. 아버지, 어머니, 설홍, 남겨진 채 힘들게 살아가야 할 할머니와 준이…….

생각하면 할수록 화가 나 애써 외면하려 했는데 다시금 떠올리게 되자 탄은 짜증이 났다. 도대체 뭐 하는 사람이야? 괜한 말을 해 가지고, 에잇. 탄은 자기도 모르게 노를 신경질적으로 저었다. 그러자 갑자기 노에 몰매를 맞은 물결이 톡톡 튀어 오르며 이리저리 흩어졌다. 순간 탄은 아버지의 말이 떠올랐다.

"사공 일은 자칫 잘못하다가는 사람 목숨을 잃을 수도 있으니 다른 일보다 책임감이 더 크다. 물건도 마찬가지지만 사람을 태울 때는 특히 조심해야 한다."

아차 싶은 탄은 손님의 눈치를 살폈다. 사내는 아무런 움직임 없이 그대로 앉아 물결만 바라보고 있었다. 탄은 침을 한 번 꼴깍 삼키고는 노를 제대로 저었다. 혹시라도 뱃삯을 못 받을지도 모른다는 생각도 들었기 때문이다. 흩어졌던 물결은 이내 한 방향으로 흘렀고, 마치 그 물결을 따라가듯 배가 앞으로 나아갔다.

"민심 또한 이러하겠지. 배를 나아가게 하는 이 물결처럼 세상을 움직이는 큰 힘이 되겠지……"

"네?"

탄은 무어라 자기에게 하는 말인 줄 알고 사내를 쳐다보았다. 혼잣말인 듯 사내는 출렁대는 물결만 하염없이 바라보았다. 이 사람도 동학교도가 틀림없어. 아버지가 하던 말과 비슷한 말만 하고 있어.

전국 각지에서 많은 농민군들이 석대들로 모여들고 있다는 말을 들은 터다. 진구는 돈을 번다고 이 와중에도 짚신을 만들어 팔러 다녔다. 그러면서 여기저기서 들은 소문을 탄에게 전해 주었다.

생각을 하지 않으려고 해도 자꾸만 아버지와 설홍의 얼굴이 떠올랐다. 탄은 걱정과 두려움이 밀려왔다. 농민군들이 각지에서 모여든다는 건 아주 큰 싸움판이 벌어진다는 뜻이기 때문이다.

설홍이 떠나던 날, 탄은 장작만 쉴 새 없이 팼다. 그러다가 갑자기 도끼를 바닥에 내던지고는 쉬지 않고 달렸다. 탄은 숨을 헐떡이며 마을 어귀 당산나무 뒤에 숨어 설홍이 가는 걸 지켜보았다. 희성과 진구가 배웅해 주었다. 설홍의 모습이 멀어져 보이지 않을 때까지 탄은 그곳에 서 있었다.

우리는 지금 어디로 가고 있는 걸까? 탄은 노를 저으며 친구들을 생각했다.

"이번에 우리가 어떻게든 이기기만 하믄 왜놈들 몰아내고 이 더러운 세상 확 갈아엎을 거인디."

"그란디 무기에서 너무 밀리니 걱정이구먼."

"아무리 놈들 무기가 신식이라도 농민군들이 이쪽으로 싹 몰려들고 있다잖여. 그라믄 해 볼 만하지 않겄어?"

"죽기 아니면 살기지 뭐. 산 자가 죽은 자를 부러워하는 세상이 말이 되냐고!"

설홍의 진영에 함께 있던 농민군들이 단단히 각오한 표정으로 한마디씩 했다.

"안 그려, 이 접주?"

그중 한 명이 설홍의 가슴 쪽을 툭 치며 물었다. 순간 설홍은 가슴이 철렁 내려앉았다. 여자임을 들키지 않으려고 애쓰고 있었다. 가는 손목이 드러나지 않게 소매를 팔 끝까지 내리고, 목에도 긴 천을 둘렀다. 얼굴에도 일부러 진흙을 군데군데 엷게 발라 놓았다. 혹시 몰라 이야기할 때도 늘 긴장하며 조심하는데, 이번에는 순식간에 일어난 일이었다. 다행히 상대방은 눈치채지 못한 듯했다.

속옷 위로 칭칭 동여맨 가슴 부위가 쿵덕쿵덕 뛰는 심장 때문에 터질 것 같았다. 당황한 설홍은 고개를 끄덕이며 앞가슴의 옷자락을 꽉 쥐었다.

"근디 계집애처럼 저리 여리게 생겨 어디 싸움이나 제대로 하겄는감? 그란디 접주라고 해서 놀랬당께."

이번에 합류한 의병이 옆 사람에게 소곤거렸다. 설홍은 못 들은 척하며 차고 있던 칼을 빼 닦기 시작했다.

"그런 소리 하덜 말게. 자네는 이제 들어와 모르겄지만 나이는 어리고 몸은 저리 생겨도 무예 실력은 아주 뛰어낭께. 우리도 처음엔 그리 생각했는디 우리보다 더 낫더래니께. 그라고 먹을 거 있을 때 많이 먹어 둬. 언제 또 먹을지 모르니께."

뒤에서 듣고 있던 김씨가 나서서 조곤조곤 말했다. 설홍은 들어올 때부터 자신을 챙겨 주던 김씨의 말에 마음을 놓으며 한숨을 내쉬었다. 김씨는 싸움을 할 때는 누구보다도 앞장섰고, 평상시에는 주위 사람들을 잘 챙겼다. 특히 설홍에게는 마음을 많이 써 주었다.

"누가 뭐라 해도 신경 쓰지 말어. 자넨 아주 잘하고 있으니께."

이렇게 늘 살뜰히 대해 주는 김씨에게 설홍은 고마운 마음을 갖고 있다.

"저기, 근데 이번 작전은……."

아까부터 한쪽에 앉아 가만히 듣고만 있던 사람이 일어나 물었다. 며칠 전에 합류해 늘 말없이 조용하던 사람이다. 설홍은 그 사람을 쳐다보았다. 손이 유난히 컸다. 왠지 목소리가 낯설지 않았다.

"그건 아직 우리도 모르제. 작전은 항시 행동 개시 직전에 알려 주니께."

김씨의 말에 그 사람은 알겠다는 듯 다시 자리에 털썩 앉았다. 설홍은 분명 어디에서 본 듯한 얼굴이라고 생각했지만 떠오르지 않았다.

설홍은 한쪽 나무 밑으로 가 주머니에서 피리를 꺼냈다. 설홍이 직접 대나무로 만든 피리다. 울적할 때나 긴장이 될 때 피리를 불면 마음이 편해졌다. 기분이 좋을 때나 행복할 때 불면 마음이 둥실 부풀어 올랐다. 곧 벌어질 전투에 긴장이 된 설홍은 입을 대고 불어 보려다 그만두고 가슴에 꽉 안았다. 문득 탄의 말이 떠올랐기 때문이다.

"네가 부는 피리 소리를 듣고 있으면 잡생각이 안 나고 차분해져서 좋아."

탄을 보고 싶은 마음이 물결처럼 밀려오자 설홍은 머리를 흔들며 피리를 주머니에 다시 넣었다.

탄은 토방에 앉아 밤하늘을 바라보았다. 곧 보름이라 달이 크고 밝았다. 달 속에서 떠오른 어머니의 얼굴이 뭔가 걱정이 가득한 표정이었다. 어머니도 아버지가 농민군으로 간 걸 아시는 거야. 내 마음이 이리도 불안하고 복잡한지도 다 아시는 거야…….

낮 동안 들리던 함성과 총성이 언제 그랬냐는 듯 고요했다. 마치 그건 꿈이었어, 라고 말하는 것처럼. 금방이라도 아버지 헛기침 소리가 들려올 것 같다. 친구들이 밤마실 가자고 사립문에서 부를 것만 같다. 유난히 큰 별 하나가 눈에 띄었다. 반짝이는 별빛을 보니 설홍의 눈이 떠올랐다. 얼굴 삼 분의 일을 차지할 만큼 눈이 컸다. 눈동자는 새까맣고 초롱초롱했다. 그 눈을 바라보고 있으면 눈 속으로 풍덩, 빠질 것만 같았다. 설홍을 생각하니 자신도 모르게 얼굴이 붉어졌다.

"보고 싶다……."

혼잣말이 툭 튀어나왔다. 자신도 모르게 나와 버린 말에 놀란 탄은 자기 얼굴을 툭툭 쳤다. 보고 싶은 만큼 야속한 마음도 컸다. 설홍이 내 마음을 알고 있다고 생각했는데 어떻게 나한테 이럴 수 있지……?

탄은 서운한 설홍에게 시선을 거두듯 별에서 시선을 거두었다.

"형도 나처럼 어머니 보고 싶어?"

언제 나왔는지 준이 옆에 와 앉으며 말했다. 탄이 혼자 내뱉은 말을 듣고 어머니를 생각한다고 여긴 것이다.

"안 자고 왜 나왔어?"

"잠이 안 와."

탄은 쌀쌀한 날씨에 감기 걸릴까 봐 자기 목에 두르고 있던 천 목도리를 준의 목에 둘러 주었다.

"형!"

"응?"

"별이 참 예쁘다."

"예쁘면 뭐 해……. 자기들끼리 싸우고 있을지도 모르는데."

"더 크고 멋져지려고 싸우나 보지."

탄은 무슨 말인가 싶어 준을 쳐다보았다. 그러다 기억이 났다. 작년에 준이 친구와 싸우고 입술이 터진 채 집에 들어왔다. 그러자 할머니가 싸우고 다닌다고 준을 나무랐다. 할머니의 야단에 준이 울었고, 그때 탄이 준을 다독이며 말했다.

"울지 마. 싸우기도 하고 그래야 크는 거야. 그러면서 더 멋져지기도 하고."

준은 고개를 끄덕이며 울음을 그쳤다.

탄은 준의 머리를 쓰다듬으며 엷은 미소를 지었다. 코끝이 시큰

해졌다. 더 크고 멋지게 성장하려고 우리가 이렇게 싸우는 걸까? 세상도 이렇게 어지러운 걸까? 정말 그런 거라면 좋겠지만…….

"형은 어디 안 갈 거지?"

탄은 대답 대신 준을 꽉 안았다.

"이제 나한텐 형이 어머니고 아버지잖아."

"그게 무슨 말이야?"

"어머니가 그랬어. 어머니 없으면 형이 어머니 대신이라고. 그런데 아버지도 없으니까 형이 아버지가 되는 거지."

탄은 준을 더욱 꽉 끌어안았다.

"그래, 형은 절대 어디 안 가. 할머니랑 너를 두고 안 갈 테니 걱정하지 마."

"형, 나 졸려."

"그래, 감기 걸리겠다. 어서 들어가. 형도 금방 들어갈게."

준이 눈을 비비며 방으로 들어가자 진구가 사립문을 열고 들어왔다.

"이 시간에 무슨 일이야?"

진구가 잔뜩 상기된 얼굴로 탄의 옆에 앉았다.

"솔직히 나만큼 짚신을 짱짱하게 잘 만드는 사람이 어딨냐? 너도 알지. 내 솜씨?"

"근데 그게 왜? 무슨 일인데?"

"그 솜씨가 이제 빛을 발하는 거 같다."

"무슨 말이야?"

"못 팔고 창고에 쌓아 둔 짚신들 말이야. 그걸 몽땅 사 간다는 이가 나타났으니 내가 이리 안 좋아할 수가 있겠냐?"

진구의 짚신 만드는 솜씨는 마을에서 다 알아주었다. 잘 풀리지 않고 두껍게 만들어 오래 신을 수 있어 인기가 좋았다. 하지만 워낙 만드는 사람들이 많아 팔리는 수량에 한계가 있었다. 돈을 벌 생각에 진구가 부지런히 만들어 놓아 팔지 못한 짚신이 창고에 쌓여 있었다.

"갑자기 짚신을 왜 그렇게 사 가는……."

탄은 말하다가 멈칫했다. 아버지가 떠나면서 챙겨 가던 짚신 꾸러미가 생각났기 때문이다. 싸우기 위해 이리저리 뛰어다니려면 짚신이 많이 필요했다. 탄은 얼굴이 어두워졌다. 석대들 결전의 날이 곧 다가옴을 직감했다.

"돈 많이 벌면 너희들한테 한턱 낼게. 네가 책을 쓰면 내가 그 책 사 줄게. 희성이한테는 의료 기구를 사 주는 게 좋겠지? 설홍이는 뭘 사 주면 좋을까? 아, 맞다. 설홍이는 남자처럼 하고 다니느라 노리개를 안 해 봤으니 그거 사 주면 좋겠다."

진구는 벌써 돈을 손에 쥔 것처럼 들떠서 말했다.

"애들이 그 선물 다 받을 수 있을까?"

탄은 쓸쓸한 표정으로 혼잣말처럼 말했다.

"참, 그 소식 들었어?"

"무슨?"

"설홍이가 접주 됐대."

"뭐?"

"어릴 때부터 늘 앞장서기 좋아하더니 결국은 그렇게 됐네. 근데 대장이면 앞장서서 싸워야 하잖아. 그 성격에 몸을 아끼지도 않을 텐데 어쩌면 좋냐."

탄은 아무 말도 할 수 없었다. 설홍이라면 진구 말대로 자기 몸 아끼지 않고 성격대로 나설 것이 분명하다. 목숨이 몇 개라도 돼? 나라는 너 혼자 다 구해? 탄은 설홍에 대한 걱정이 봇물 터지듯 흘러 넘쳤다.

드디어 결전의 날이 왔다. 장흥군을 둘러싼 온 산과 들에 농민군들이 빼곡히 모여들었다. 청색, 적색, 흑색, 흰색, 황색, 오색 깃발이 척양척왜斥洋斥倭, 보국안민輔國安民, 제폭구민除暴救民, 광제창생廣濟蒼生을 외치며 나부꼈다.

설홍은 진영에서 대열을 갖추며 호흡을 가다듬었다. 설홍의 명령을 기다리는 농민군들의 얼굴에서 비장한 각오를 읽을 수 있었다. 그 분위기에 압도되어 설홍도 주먹을 꽉 쥐었다. 농민군들의 얼굴을 바라보던 설홍은 뜨거운 덩어리가 가슴을 치고 올라오는 것을 느꼈다.

아, 이 얼굴들……. 자기 앞에 선 얼굴들은 아버지의 얼굴이고,

숙부의 얼굴이고, 친구의 얼굴이고, 이웃의 얼굴이었다. 슬픈 일과 기쁜 일을 함께 나누며 명절 때면 음식을 나눠 먹고, 농악을 울리며 걸판지게 놀던 친숙한 얼굴들이었다. 설홍은 결과가 어떻게 나오든 최선을 다하리라 다짐했다. 어머니와 친구들을 두고 떠나온 전쟁터다. 여기 선 사람들의 목숨을 내걸고 하는 싸움이다. 온 힘을 다해 싸워야 한다.

"여러분…… 우리 서로 얼굴들을 한 번씩 쳐다봅시다."

설홍의 말에 사람들은 무슨 말인가 의아해하면서 서로 얼굴을 쳐다보았다.

"지금 바라보는 얼굴들 기억합시다. 피보다 더 진한, 끝까지 함께한 동지들의 얼굴입니다. 우리는 한 목숨입니다."

사람들은 천천히 고개를 끄덕이며 각자 들고 있는 무기를 꽉 잡았다. 제일 뒤쪽에서 땅만 쳐다보고 있던 털보가 고개를 들고 설홍을 바라보았다. 늘 못마땅해하던 그 눈빛이 아니었다. 설홍과 눈이 마주치자 털보는 다시 고개를 돌렸다. 그때 진을 치고 있던 다른 진영에서 결의를 다지는 함성이 들려왔다. 누군가가 〈검가劍歌〉를 선창했고, 곧이어 여기저기서 함께 불렀다.

시호時好 시호 이내 시호 부재래지不再來之 시호로다

만세일지萬世一之 장부丈夫로서 오만년지五萬年之 시호로다

용천검龍泉劍 드는 칼을 아니 쓰고 무엇 하리.

……

〈검가〉 소리가 산천 곡곡에 울려 퍼져 나갔다.

설홍은 탄의 얼굴이 떠올랐다. 어릴 때부터 지켜봐 온 터라 탄의 고민이 무엇인지 알고 있다. 자신에게 왜 그렇게 화를 냈는지도 알 것 같다. 탄은 가족을 등한시하는 아버지에 대한 반발심이 컸다. 어머니 돌아가셨을 때 울면서 아버지를 원망하던 탄의 모습이 아직도 생생하다. 그렇게 둘은 환경이 다른 각자의 위치에서 힘들어했고, 서로의 고민 또한 달랐다. 그러다 보니 같은 문제에 대해 생각이 다를 때가 있었다.

"같은 꽃을 보더라도 다 다르지 않겠어? 누구는 꽃 색깔로, 누구는 열매로, 누구는 모양으로 그 꽃을 말하지. 그런다고 해서 다른 꽃인 건 아니잖아."

언젠가 서로 의견이 대립했을 때 탄이 친구들한테 한 말이다. 그때 설홍은 생각했다. 탄은 자기 자리에서 자기가 할 수 있는 고민을 하고 있는 것이라고.

타다다당, 탕, 탕!

대숲에서 관군이 총을 쏘아 댔다. 농민군을 유인하는 것이었다.

"진격이다!"

농민군 대장이 외치자 사방에서 외쳐 댔다.

"진격이다!"

"진격이다!"

"진격이다!"

산 능선을 따라 메아리가 울려 퍼지듯 외침이 이어졌다. 그러자 진을 치고 있던 농민군들이 함성을 지르며 관군을 물리치기 위해 일제히 석대들로 향했다.

설홍은 선봉에서 칼을 뽑아 들며 달렸다. 석대들이 흰 무명옷을 입은 사람들로 가득 찼다. 그 수가 3만 명이 넘었다. 일본군의 총에서 인정사정없이 불이 뿜어져 나왔다. 일본군은 신식 대포와 회선포로 무장하고 있었다. 농민군 몇몇은 화승총을 들었으나 대부분은 죽창, 농기구, 돌멩이, 맨주먹으로 싸울 수밖에 없었다. 농민군은 석대들에서 일본군과 관군의 적진을 돌파하고자 했다. 하지만 신식 무기로 무장한 조일 연합군을 감당하기 어려웠다. 싸움이라기보다는 한쪽이 다른 한쪽을 들판 한가운데 몰아넣고 무참하게 죽이는 꼴이었다. 수만의 사람들이 고작 수백에 지나지 않는 자들이 쏘아 대는 총탄에 죽어 갔다.

헉!

으악!

여기저기서 농민군들이 손에 든 무기를 써 볼 틈도 없이 쓰러졌다. 순식간에 전열이 무너졌다. 일본군의 총알이 사방에서 튀어올랐다. 앞에서 옆에서 내달리던 동지들이 픽, 픽 꼬꾸라졌다. 피가 허공으로 튀었다. 아니, 뿜어져 나왔다. 농민군들은 천둥 같은 함성을 지르며 다시 달려들었다.

싸움은 해가 어둠을 끌어당기며 서산으로 모습을 감추고, 북풍이 매섭게 불어 닥치는 저녁 무렵까지 이어졌다. 엄청난 포탄이 마귀처럼 달려들어 내리꽂히자 쫓기던 사람들이 들녘 끝 강바닥에 그대로 꼬꾸라졌다. 비명 속에서 누군가를 부르는 소리도 들렸다. 자식을, 부모를, 동지를 부르는 소리였다.

남도의 끝 작은 땅에서 새로운 세상을 열고자 한 수많은 농민군이 붉은 꽃잎이 되어 들녘 여기저기로 흩날렸다. 그 꽃잎들 사이로 새 한 마리가 구슬프게 울면서 날아갔다. 다시는 떠오를 것 같지 않은 태양을 삼킨 어둠이 짙게 깔렸다.

다시 피는 꽃

"탄아!"

희성과 진구가 사색이 된 얼굴로 달려 들어왔다. 탄은 나루터로 나가려고 집을 나서던 참이었다.

"무슨 일이야?"

탄이 둘의 표정을 살피며 물었다.

"어떡해, 탄아……."

희성이 눈물을 글썽였다.

"왜 그러냐고?"

탄은 불안한 표정으로 거듭 물었다. 설마 설홍이가 어떻게 된 건 아니겠지? 석대들 전투에서 희생된 이가 어마어마하다는 소식에 마을 사람들의 걱정이 이만저만이 아니었다. 탄도 안절부절못하고 소식을 기다리고 있었다. 할머니는 끼니를 거른 채 아들 걱정에 속을 태웠다.

"죽고 사는 건 하늘의 뜻이제. 큰일 하는데 집안에서 걱정하고 있으면 될 일도 안 되제."

할머니는 말은 담담하게 했지만 내심 초조한 눈치였다. 탄과 준을 볼 때마다 에미도 없는 것들이……, 하며 탄식했다.

탄은 방망이질하는 가슴을 누르며 친구들의 말을 기다렸다.

"석대들이 지금 농민군 시체로 산이 만들어지고 있대……."

진구는 결국 울음을 터트렸다.

"칼이나 죽창이 아무 소용이 없대. 놈들이 총으로 쏴 갈기는데 그대로 당하나 봐. 죽은 사람도 다친 사람도 엄청나대. 석대들이 피바다라고 하는데…… 우리 어떻게 해야 해? 설홍이 무사할까? 너네 아버지 소식 없지?"

희성은 덜덜 떨면서 말했다. 탄은 그 자리에 털썩 주저앉았다. 무섭고 불안한 마음에 몸을 가누기 힘들었다. 마음에 안 드는 건 안 드는 거고, 생사를 모르는 아버지와 설홍에 대한 걱정이 머리를 짓눌렀다. 전해 들은 이야기만으로도 살아 있을 가능성이 높지 않아 보인다. 이대로 못 볼 수도 있다고 생각하니 하늘이 무너지는 듯했다.

"안 되겠어. 가 봐야겠어."

탄이 벌떡 일어서자 희성과 진구가 놀란 표정으로 막아섰다.

"어딜?"

희성이 탄의 팔을 잡으며 물었다.

"너 혹시 석대들로 간다는 거야? 그 위험한 데를?"

진구가 사색이 된 얼굴로 말했다.

"그럼 그냥 있어?"

"안 돼, 탄아. 너무 위험해."

"맞아. 지금 거기 난리가 아니야. 가면 너까지……."

탄은 말리는 친구들의 손을 뿌리치며 소리쳤다.

"그럼 이대로 있어? 죽었으면 죽은 모습이라도, 다쳤으면 다친 모습이라도 내 눈으로 봐야겠어. 봐야겠다고!"

"그럼 준이는? 할머니는? 아버지가 가족 버리고 떠났다고 그렇게 미워했으면서 너도 그럴 거야?"

희성은 무작정 가려는 탄을 말려야 했다. 앞뒤 안 가리고 뛰어들었다가는 아까운 목숨만 버리게 된다. 그래서 탄에게 아버지 이야기까지 해 버렸다. 탄은 순간 멈칫했다. 준이와 할머니를 생각하자 속울음이 끓어오르는지 신음 소리를 냈다.

"약방에 온 사람이 얘기하는 걸 들었는데 지금 토벌대가 사로잡은 농민군을 잔인하게 죽이고 있대. 옷에 불을 붙여 달아나게 한 다음에 뒤에서 장난치듯 총까지 쏜대. 이렇게 무작정 가면 큰일 나."

희성이 제발 진정하라는 눈빛으로 말했다.

"정말? 나쁜 놈들. 쳐 죽일 놈들."

진구는 생각만 해도 몸서리가 났다.

"나도 답답하고 미치겠어. 우리 이럴수록 정신을 차리자. 곧 소식이 올 거야."

희성이 탄과 진구의 손을 잡았다. 탄이 흐느끼기 시작했다. 희성도 진구도 함께 울었다.

"우리 거기 가 볼까?"

진구가 눈물을 훔치며 말했다. 탄과 희성은 거기가 어디냐는 눈빛으로 진구를 쳐다보았다.

"형이 있는 곳이야. 거기까진 그리 위험하지 않을 거야."

"무슨 소리야?"

"실은…… 우리 형이 중간 연락책이야."

"뭐? 형하고 연락 안 된다더니 연락이 온 거야? 중간 연락책은 또 뭐야?"

희성이 놀란 눈으로 말했다.

"우리 형이 보부상인 거 너희도 알잖아. 보부상단이 동원돼 농민군과 싸우고 있지만 다 그런 건 아니야. 동학교도인 보부상도 꽤 있어."

"그럼 네 형이 그렇다는 말이야?"

"응, 우리 형은 농민군 편이야. 토벌대의 움직임을 파악해서 알려 주는 중간 연락책을 맡고 있대."

탄과 희성은 눈을 반짝였다. 형에게 가면 무슨 소식이라도 들을 수 있으리라는 생각에 마음이 급해졌다.

　진구네 형은 토벌대에 동원된 보부상단에 있으면서 농민군 쪽 중간 연락책을 맡고 있었다. 토벌대의 작전이 파악되면 밀서를 작성해 접주에게 보낸다. 그러면 그 접주는 각 지역의 접주들에게 그 내용을 다시 전달한다. 한마디로 위험천만한 일을 하고 있었다. 발각되면 살아남지 못할 것이다.

　진구네 형은 지금까지 들키지 않았지만 혹시라도 식구들에게 피해가 갈까 봐 집에 발을 끊은 지 오래되었다. 가끔 동생인 진구만 몰래 만나고는 했다.

　형을 좋아하는 진구는 전국 각지로 떠돌아다니며 힘들게 장사하는 형이 늘 안타까웠다. 떠돌아다니는 바람에 아직 혼인도 하지 못했다. 그런 형을 보면서 진구는 돈을 많이 벌겠다고 다짐했다. 돈을 많이 벌면 멋진 가게를 차려 형과 같이하고 싶었다. 그런데 형이 위험한 일을 한다는 걸 알고는 겁이 났다. 둘이 함께할 미래를 꿈꾸고 있는데, 형이 잘못되는 상상만 해도 끔찍했다. 진구는 형이 자기를 찾아와 몰래 만날 때마다 부탁했다.

　"형, 그 일 그만하면 안 돼? 아버지 어머니는 아직 아무것도 모른단 말이야."

　"계속 모르시게 해. 그게 안전하니까. 그리고 내가 안 하면 누가 하겠냐……."

남의 타는 속도 모르고 형이 웃으면서 말하자 진구가 볼멘소리로 대들었다.

"왜 없어! 형이 안 하면 다른 사람이 하겠지."

"다 그렇게 생각하면? 그게 가장 무책임한 말이야. 나라가 이 모양, 이 꼴이 된 것도 다 그런 생각 때문이야."

"그래도 위험하잖아. 형 잘못될까 봐 너무 무서워."

"내 맘 같아서는 다른 의병들처럼 직접 뛰어 들어가 싸우고 싶어. 하지만 나 같은 역할도 꼭 필요한데, 보부상인 내가 적격이라 못 뛰어드는 거야."

아무리 그렇다 해도 진구는 형에게 서운했다. 자신은 형과 함께할 앞날을 그리고 있는데, 형은 아닌 것 같아 못내 서운했다. 그래서 탄이 아버지를 원망하며 불만을 쏟아 낼 때마다 친구의 마음을 이해할 수 있었다. 석대들 전투 전후로 형을 만나지 못했다.

"형이 한동안 연락이 없어서 나도 불안해지네."

"어디 있는지는 알아?"

탄은 기대에 찬 표정으로 물었다.

"응, 보부상단 집결하는 장소가 있는데 내가 부탁해서 전에 형이 데리고 간 적이 있어."

"지금 가 보자."

탄은 희성을 바라보았다.

"좋아. 하지만 위험하니까 조심해야 해. 여기는 좀 덜하지만 길목마다 관군이 쫙 깔렸다고 했어. 숨은 농민군들 찾아낸다고."

희성의 말에 탄과 진구는 고개를 끄덕였다.

서둘러 나서려던 탄은 마당 한쪽에 세워 둔 지게를 등에 졌다.

"그건 왜?"

진구가 눈을 동그랗게 뜨고는 물었다.

"혹시라도 관군이 어디 가냐 물으면 땔감 구하러 간다고 말하려고."

희성과 진구는 좋은 생각이라는 듯 엄지를 세워 보였다.

세 사람은 빠른 걸음으로 걷다가 관군이 보이면 걸음을 늦추고 천천히 걸었다. 길에 사람들은 별로 다니지 않았다. 조금이라도 수상한 자들을 찾아내기 위해 혈안이 된 토벌대뿐이었다.

해가 자울자울 기울어 갈 때쯤 진구가 얘기한 장소에 도착했다. 높지 않은 야산 근처였다.

"셋이 다 같이 가면 의심할지도 몰라."

진구가 걸음을 멈추고 말했다.

"그럼? 혼자 가려고? 안 돼. 너 혼자는 위험해."

탄이 걱정스러운 표정으로 진구를 말렸다.

"다 같이 가는 게 더 위험해. 난 동생이니까 내가 가는 건 괜찮을 거야. 봐서 형을 이리로 데려올 수 있으면 같이 올게. 너희는 여기서 기다리고 있어."

"그래, 그러는 게 낫겠다."

희성의 말에 탄도 고개를 끄덕였다.

진구가 막 걸음을 옮기려고 할 때였다. 저 멀리서 남자들이 이쪽으로 다가오는 게 보였다. 세 사람은 깜짝 놀라 얼른 큰 바위 뒤로 숨었다. 남자들이 농민군 쪽인지 토벌대 쪽인지 알 수 없었기 때문이다.

"그냥 지나가는 사람일 수도 있잖아."

희성이 작은 목소리로 말했다.

"조심해서 나쁠 건 없어. 혹시 모르니 지나가면 나가자."

탄이 손으로 막으면서 말했다. 남자들은 다가오다가 커다란 나무 앞에 이르러 멈추어 섰다. 세 사람은 숨소리를 죽인 채 엎드려 꼼짝 않고 있었다. 두근대는 심장 소리가 더 크게 들렸다.

"너였어? 안 그래도 구린내가 난다 했더니 네놈이 감히 누굴 속이려고!"

그들 가운데 한 명이 누군가를 나무 둥치 쪽으로 밀쳐 냈다.

"억!"

남자가 나무에 등을 세게 부딪치며 신음 소리를 냈다. 그러자 다른 한 사람이 배를 발로 차더니 꿇어 앉혔다.

"나…… 무서워. 이러다 우리까지 들키는 거 아닌가 몰라."

진구가 사시나무 떨 듯 떨었다.

"정신 똑바로 차리고 조심해야 해. 일단 더 지켜보자."

탄이 진구의 손을 잡아 주며 조용히 말했다. 그때 다시 소리가 들려왔다.

"쥐새끼 같은 놈."

"평소에 우리와 잘 섞이지 않던 놈이 어째 달라붙는다 했어."

"우리를 호구로 알았나 보지?"

"이런 쳐 죽일 동비(東匪, 동학군을 낮춰 부른 말) 놈."

한 사람을 둘러싼 채 몇 사람이 한마디씩 했다. 동비라는 말에 셋은 놀라고 말았다. 맞고 있는 사람이 농민군 쪽이라면, 때리는 사람들은 토벌대 쪽인 게 분명하다.

"나라를 팔아먹은 네놈들이 사람이냐! 우리가 배운 건 부족해도 세상 돌아가는 건 알 수 있잖아. 왜놈들 장단에 놀아나지 말라고!"

남자는 분한 듯 몸을 떨며 소리쳤다. 그러자 이내 주먹질과 발길질이 남자에게 쏟아졌다. 이번에는 신음 소리조차 내지 못하고 그대로 꼬꾸라졌다.

그때 진구가 천천히 고개를 내밀어 나무 앞쪽에 있는 사람들을 바라보았다.

"야, 고개 숙여. 그러다 들키겠다."

탄이 진구의 팔을 잡아끌며 속삭였다.

"자, 잠깐만……."

진구가 사색이 되어 자기 팔을 잡은 탄의 손을 떼어 냈다.

"왜 그래?"

희성이 눈을 동그랗게 떴다.

"우리 형…… 목소린 거 같아. 설마 아니겠지?"

진구는 주먹을 쥔 채 몸을 부르르 떨었다.

탄과 희성은 너무 놀라 굳어진 얼굴로 진구를 쳐다보았다. 진구의 눈동자가 심하게 요동쳤다. 진구는 바위에 몸을 바싹 붙이면서 얼굴을 내밀고 자세히 바라보았다. 형이 아니기를 바라던 눈빛이 절망에 찬 눈빛으로 바뀌었다. 탄은 그런 진구의 얼굴을 안타까운 마음으로 바라보았다.

"그럼 저기 저 사람이 형……?"

탄이 조심스럽게 물었다. 진구는 눈두덩이 붉게 달아오르더니 금세 눈물을 흘렸다.

"들켰나 봐. 어떡해……."

희성도 눈물을 글썽였다.

그때 몸집이 제일 큰 남자가 칼을 빼 들었다.

"헉!"

세 사람 모두 아무 말도 못한 채 바라만 보았다.

"저세상 가면 너희들이 그렇게 찾던 새로운 세상이 있을 거다."

덩치가 칼을 높이 쳐들었다.

그때였다. 말릴 새도 없이 진구가 앞으로 뛰쳐나가며 소리쳤다.

"안 돼!"

남자들이 곧바로 달려들어 진구를 붙잡았다.

"형⋯⋯."

진구는 입가에 피가 잔뜩 묻은 형을 보자 벗어나려 발버둥을
쳤다.

"형? 오호라, 네놈 동생이구나. 그놈도 꿇어 앉혀."

덩치가 말했다.

"내 동생은 아무것도 모른다. 제발 동생은 보내 줘."

형은 고통스러운 표정으로 고개를 흔들며 애원했다.

"어림없는 소리, 네가 한 짓이 어떤 결과를 초래하는지 똑똑히
보여 주마. 죽기 전에 잘 봐 둬."

덩치가 실실 웃으며 말하더니 이번에는 진구를 향해 칼을 겨누
었다. 순간 진구도 형도 바위 뒤에서 숨죽이며 어쩔 줄 몰라 하던
탄과 희성도 그 자리에 굳어 버렸다. 덩치가 다시 히죽 웃으며 손
잡이를 고쳐 잡자 진구는 벌벌 떨며 눈을 꽉 감았다.

"진, 진구야! 안 돼!"

형이 울부짖었다.

"형!"

두려움에 몸을 떨던 진구가 간신히 새어 나오는 목소리로 형을
불렀다. 덩치의 칼이 쳐들리더니 곧바로 진구를 향했다. 순간 형
이 벌떡 일어나며 진구 앞으로 달려들었다.

"내 동생은 상관없어!"

칼이 형의 가슴에 꽂혔다.

"형!"

형은 눈을 뜬 채 피를 토하며 그대로 쓰러졌다.

"형, 안 돼. 죽지 마!"

진구는 형을 끌어안으며 울부짖었다. 갑작스러운 상황에 당황한 듯 패거리들은 뒤로 물러섰다.

"지독한 놈."

덩치는 형의 몸에서 칼을 잡아 빼냈다. 침을 퉤 뱉더니 그대로 돌아서 가 버렸다. 그러자 다른 남자들도 따라갔다.

그 자리에 얼어붙은 듯 서 있던 탄과 희성은 겨우 몸을 움직여 진구에게 다가갔다. 진구는 피가 나오는 형의 가슴에 얼굴을 댄 채 울고 또 울었다. 탄과 희성은 진구에게 해 줄 수 있는 말이 하나도 없었다. 탄은 무릎을 꿇고 형의 눈을 손으로 천천히 감겨 주었다. 희성은 형을 끌어안은 채 울고 있는 진구를 감싸 안고 함께 울었다.

눈발이 하나둘 날리기 시작했다. 하얀 눈송이가 형의 얼굴 위에 내려앉고, 울고 있는 진구의 머리 위에도 내려앉았다.

탄은 흩날리는 눈을 바라보다가 작년 겨울을 떠올렸다.

몇 날 며칠 눈이 내려 발이 푹푹 빠질 정도로 쌓였다. 탄은 아버지와 마당을 쓸고, 할머니는 나뭇가지에 내려앉은 눈을 털어 내고 있었다. 준이 탄에게 다가와 물었다.

"형, 눈이 이렇게 가벼운데 가지가 부러지기도 해?"

준이 자기 손바닥에 내린 눈송이를 가리키며 고개를 갸우뚱거렸다. 탄은 그런 동생이 귀여워 머리를 쓰다듬으며 말했다.

"눈송이 하나는 가볍지만 쌓이면 무거워지지."

"가지가 부러질 만큼이나 무거워져?"

그때 옆에 서 있던 아버지가 한 마디 툭 던졌다.

"가볍고 약해 보이는 것들도 모이면 큰 힘을 발휘한단다."

탄은 아버지가 한 말을 속으로 되뇌어 보았다. 약해 보이는 것들도 뭉치면 큰 힘을 발휘한다……. 정말 그럴까? 이렇게 억울하게 죽어 가는 사람들이 많은데? 한 마을에서 어울려 살던 사람들이 서로 죽이는 세상이 되었는데? 탄은 알 수가 없었다. 머릿속이 온통 뒤죽박죽되어 혼란스러웠다.

"진구야, 형 춥겠다. 우리가 따뜻하게 묻어 주자."

희성이 진구를 다독이며 말했다. 진구가 안고 있던 형에게서 떨어졌다.

"나 때문에 우리 형이…… 흑."

진구의 통통 부은 눈에서 다시 눈물이 흘러내렸다.

"너 때문이 아니야. 이런 세상을 만든 놈들 때문이지."

탄은 자책하는 진구를 위로한다고 툭 내뱉은 자신의 말에 스스로 놀랐다. 언젠가 집에 찾아온 어떤 사람에게 아버지가 했던 말이다. 자기가 말해 놓고도 겸연쩍은 듯 서둘러 움직였다.

"더 늦기 전에 얼른 하자."

형을 바위 뒤쪽 평평한 데로 옮겼다. 형을 눕히고 그 위에 마른 잎을 긁어모아 덮었다. 그리고 잔돌을 지게로 옮겨 와 그 위에 쌓았다.

"지게가 이렇게 쓰일 줄은 몰랐네……."

희성이 어이없는 표정으로 말했다.

"형……."

진구가 돌무덤을 어루만졌다. 희성이 작은 가지 두 개를 엮어 만든 십자가를 돌 사이에 꽂았다. 세 사람은 그 앞에 아무 말 없이 서 있었다.

"얘들아, 저 꽃 좀 봐."

탄과 진구는 희성이 가리키는 곳을 보았다. 바위 아래쪽에 하얀 야생화 한 송이가 피어 있었다. 꽃이 바람에 흔들거렸다. 희성이 가까이 다가갔다.

"이 추운 날씨에도 이렇게 예쁘게 피었네. 피어나려는 의지가 얼마나 강했으면……."

"의지가 강해서 피면 뭐 해. 한순간에 짓밟히면 아무 소용 없는데."

진구는 억울하게 죽은 형 생각에 얼굴이 굳어지면서 말했다.

"그래도 이렇게 다시 피어나잖아."

희성의 말에 탄은 꽃을 유심히 바라보았다. 짓밟히면서도 꽃은 다시 피어난다. 뿌리 때문이겠지? 어두운 땅속을 헤집고 버티는 뿌리가 있어 꽃은 피어나는 거겠지? 뿌리만 죽지 않는다면…….
탄은 마음이 복잡해졌다. 우리도 다시 피어날 수 있을까?

해가 지고 세상이 어둑해지려고 했다. 탄과 희성이 양쪽에서 진구의 손을 꽉 잡아 주었다. 세 사람은 말은 하지 않았지만 천천히 걸으면서 서로의 불안한 마음을 읽었다. 생사를 알 수 없는 탄이 아버지와 설홍에 대한 걱정이 이들의 가슴을 짓눌렀다.

스며들어 하나가 되는

"희성아!"

다급하게 부르는 소리에 희성은 방문을 열고 나갔다. 아버지를 돕고 있는 숙부가 서 있었다.

사람이 죽는 모습을 눈앞에서 보고 뒷수습까지 하고 온 희성은 아직도 마음이 진정되지 않았다. 공부하고 있던 《동의보감》도 눈에 들어오지 않아 덮어 놓은 채 방 안을 서성이던 참이었다.

"무슨 일인데요?"

"당분간 떠나 있어야겠다. 네가 아버지 잘 도와드리고 있어라."

"어디 가시는데요?"

이 어지러운 시국에 어디를 가겠다는 건지 희성은 걱정스러운 표정으로 숙부를 쳐다보았다. 희성은 평소 숙부에게 속내를 털어놓고 지냈다. 실리만 따지는 아버지보다는 숙부에게 마음을 열고 이런저런 일을 의논하곤 했다. 숙부도 속정 깊은 희성을 친구처럼 말동무하며 아껴 주었다.

잠시 머뭇하던 숙부가 희성의 눈을 똑바로 보면서 말했다.

"지금 농민군이 하천을 사이에 두고 조일 연합군과 대치 중인데, 치료를 제대로 못 받고 있는 부상자가 많다는구나. 약방에 와서 치료를 받다가는 잡혀가기 십상이니."

"그래서요? 거길 작은아버지가 가시겠다고요?"

"전투에 나가서 싸우지는 못하더라도 다친 사람들 치료는 해 줘야 하지 않겠냐. 다들 사람답게 살아 보겠다고 목숨까지 내놓고 있는데."

희성은 가지 말라는 말을 차마 할 수 없었다. 친구도 친구 아버지도 친구 형도 세상을 바꿔 보고자 각자의 역할을 찾아 떠난 마당에.

"우리가 바라는 세상을 위해서 얼마나 많은 피를 더 흘려야 할까요?"

"상처가 나고 피가 나고 새살이 돋고……, 그 상처의 크기에 따라 다르겠지. 한데 이번에는 커도 너무 크구나."

희성은 고개를 숙였다. 마음이 혼란스럽고, 속이 쓰려 왔다. 숙부는 안타까운 표정으로 조카를 꽉 안아 주었다.

"우리 어른들이 너희에게 미안하구나……."

"몸조심하셔야 해요."

희성도 숙부를 꽉 안았다.

"약방에는 형님이 계실 테니 쪽방에서 약재와 의료 기구를 챙겨 가야겠다. 네 아버지가 날 찾으면 모른 척해라. 알면 가만 안 계실 거다. 다녀와서 한 대 맞을란다."

숙부는 쪽방 쪽으로 걸음을 옮겼다.

약방은 약재를 모아놓은 방으로, 거기서 환자를 치료하기도 한다. 그리고 그 뒤에 쪽방이 하나 있는데, 쪽방에는 약방에 있는 약재보다 더 귀하고 비싼 것들이 많다. 특별한 분을 모실 때도 이 쪽방을 쓴다. 물 건너 들어온 의료 기구들도 있다.

희성은 《동의보감》을 천천히 뒤적였다. 마음이 심란해 공부에라도 집중하려고 했다. 그러다가 한 글귀를 보고는 멈칫했다.

'사람의 몸은 하나의 나라와 같으니라.'

희성은 온몸에 전율이 흘렀다. 전에도 공부하면서 본 글귀지만 이번에는 느낌이 달랐다. 순간 동학인들이 하나같이 이야기하는 백성이 나라다, 라는 말이 떠올랐다. 지금 나라와 같은 백성들이 죽어 가고 있다. 그렇다면 사람의 목숨을 살리는 일은 나라를 구하는 길이기도 하다. 생각이 여기에 미치자 희성은 가슴이 벌떡벌떡 뛰었다. 사람을 살리는 의원이 되고 싶다면서 지금 여기서 무얼 하고 있는 걸까……. 알 수 없는 불안감과 다급함이 몰려들었다. 비록 자신의 의술은 옆에서 보고 잠깐씩 배운 정도에 지나지 않지만 손을 보태야 한다는 생각이 들었다. 그러면서 설홍이 떠올랐다. 어쩌면 다친 몸으로 자신을 기다리고 있을 것만 같았다.

희성은 벌떡 일어나 나가려다 다시 뒤돌아섰다. 새장에 들어 있는 박새를 꺼내 다친 다리를 살폈다.

"이제 날 수 있지? 총소리가 안 나는 곳으로 멀리멀리 날아가야 한다."

희성은 밖으로 나와 박새를 날려 보낸 뒤 쪽방으로 갔다. 창상과 지혈에 필요한 약재를 이것저것 챙겨 담았다. 그러고는 숙부가 간 방향으로 내달렸다.

"작은아버지!"

뒤돌아선 숙부가 보따리를 짊어진 희성을 보고는 놀라 물었다.

"왜 왔어?"

"저도 같이 갈래요."

"뭐?"

"제가 아픈 사람 치료하는 의원이 되고 싶어 하는 거 아시잖아요. 다친 사람이 그렇게 많다는데 그냥 있을 수 없잖아요. 저도 데려가 주세요."

"희성아, 거긴 위험한 곳이야. 잘못하면 다칠 수도 있어."

"작은아버지도 가잖아요. 그리고 제 친구 설홍이도 의병으로 간 거 아시잖아요."

숙부는 잠시 고민하더니 할 수 없다는 듯 고개를 끄덕였다.

"그런데 아버진 어쩌고?"

"저도 돌아와서 한 대 맞을래요."

둘은 마주 보며 피식 웃었다.

"참, 잠깐 어디 들렀다 갈게요. 마을 어귀에서 조금만 기다려
주세요."

희성은 곧장 탄이네 집으로 뛰어갔다.

숙부를 따라 다친 농민군들 치료하러 간다고 하자 탄은 아무
말도 하지 않은 채 희성을 쳐다보기만 했다. 어려운 시절에 각자
자신의 할 일을 찾아가는 친구들이다. 나를 떠난다고 해서 친구
들을 원망할 수는 없겠지? 내가 할머니와 준이를 지키며 내 할
일을 찾듯이 너희도 그러는 거겠지? 탄은 그렇게 생각하는 한편
으로 걱정되는 마음이 누그러지지 않았다.

"위험할 텐데……."

탄이 겨우 입을 떼 말했다. 희성이 탄의 손을 꽉 잡았다.

"내 걱정은 하지 마……. 환자들 치료하는 곳으로 가니까 그리
위험하지는 않을 거야. 이만 가 볼게. 시간이 없으니 진구한테는
네가 알려 줘."

희성은 뒤돌아섰다.

"자, 잠깐만."

탄이 희성을 불러 세웠다.

"잠깐만 기다려 줘."

탄은 얼른 방으로 들어가더니 잠시 후 나왔다.

"이거……."

탄은 희성에게 종이쪽지를 내밀었다.

"뭐야?"

"그곳에서 혹시라도 설홍이 만나게 되면 전해 줘……."

희성이 미소를 지으며 고개를 끄덕였다. 탄은 쑥스러운지 시선을 돌리며 말했다.

"조심하라고, 잘 있냐고 쓴 거야."

"누가 뭐래?"

희성이 웃으면서 편지를 안주머니에 넣고는 숙부가 기다리고 있는 마을 어귀로 향했다.

"아저씨, 괜찮을 거예요. 이겨 내셔야 해요."

설홍은 피가 계속 나는 털보의 배에 천을 동여매며 말했다. 복부에 총알이 관통했는데, 이곳으로 옮겨오면서 피를 너무 많이 흘렸다. 싸우고 있던 설홍을 향해 총을 겨눈 관군을 막으려다 털보가 대신 맞았다.

털보는 겨우 정신을 차리고 설홍을 쳐다보았다.

"안 버리고 데려와 줘서 고맙다."

"말하지 마세요. 힘들어요. 그리고 저 구하려다 이렇게 됐는데 고맙긴 뭐가 고마워요."

"난 내 몸 지킨 거다. 우린 동지고, 한 몸이라고 네가 말했잖아."

"아저씨……."

"처음엔 널 미워했다. 고참인 나를 제쳐 버리고 어린놈이 대장이 되는데 화 안 날 사람이 어딨냐?"

털보는 힘겹게 웃어 보이더니 잠시 쉬다가 이어서 말했다.

"그런데 너 싸우는 거 보고 인정했다. 앞장서서 싸우는 네 패기를 보고 앞날에 대한 희망을 보게 됐다고나 할까……."

털보의 배에서 피가 멈추지 않았다. 설홍은 손바닥으로 털보의 배를 꾹 눌렀다. 그러고는 더는 말하지 말라고 고개를 흔들었다. 설홍의 어깨가 들썩이기 시작했다.

"앞날에 대한 희망을 봤다면서요. 그러니까 힘을 내세요."

"부탁 하나만 들어줘."

설홍은 피범벅인 손으로 흘러내리는 눈물을 쓸어 냈다.

"뭔데요?"

털보는 저고리 안쪽에 손을 넣어 뭔가를 꺼냈다. 예쁜 여자아이 모습을 한 자그마한 목각 인형이었다. 설홍은 쉬는 틈에 칼로 나무를 파내며 뭔가를 만들던 털보를 본 적이 있다.

"이걸 내 딸한테 꼭 좀 전해 줘. 집 주소는 뒤쪽에 적어 뒀으니."

설홍은 인형을 받아 들어 뒤를 돌려 보았다. 비뚤한 글씨체로 주소가 적혀 있었다.

"싫습니다. 아저씨가 직접 주세요."

설홍은 인형을 털보 손에 쥐어 주었다.

"다시 힘든 싸움이 시작되겠지. 끝까지 포기하지 말아 줘. 우리 딸 이거 보면 많이 좋아하겠네……. 부탁할게."

인형을 보고 좋아할 어린 딸을 생각하며 털보는 희미하게 웃었다. 그리고는 큰 숨을 두어 번 뱉어 내더니 인형을 손에 쥔 채 눈을 감았다. 숨죽인 채 지켜보고 있던 동지들이 저마다 고개를 돌리며 눈물을 훔쳤다. 설홍은 털보의 손에서 목각 인형을 빼 자신의 저고리 안쪽에 넣었다. 그리고는 구석으로 가 소리 내 울었다. 어디선가 까마귀 울음소리가 들려왔다. 나뭇가지를 때리는 바람 소리도 들려왔다.

설홍은 주머니에서 피리를 꺼냈다. 한참 바라만 보다가 천천히 불기 시작했다.

삘리리리~.

가늘고 구슬픈 피리 소리가 멀리 퍼져 나갔다. 집 굴뚝에서 피어오르는 연기가 따스하게 전해져 왔다. 하나둘 불이 켜지는 저물녘 마을의 온기도 따라왔다.

"이제 솜씨가 제법이구나."

부상병을 치료하는 희성을 지켜보며 숙부가 대견한 듯 말했다. 칭찬에 으쓱해하던 희성은 깜짝 놀랐다. 저 멀리서 피리 소리가 아득하게 들려왔기 때문이다. 희성은 눈을 동그랗게 뜨고는 소리가 나는 쪽을 바라보았다. 가까운 곳이 아니어서 희미하게 들리긴 했지만 설홍의 피리 소리 같았다. 친구들끼리 만날 때마다 설홍이 가지고 와서 부르던 그 피리 소리라고 확신했다.

"설홍아……."

희성은 다친 농민군들의 은신처로 온 뒤 시간이 날 때마다 설홍의 소식을 알아보았다. 소식을 들을 수 있을까 기대하며 수소문했지만 알 수 없었다. 설홍이 살아 있다고 생각하니 희성은 자기도 모르게 안도의 한숨을 내쉬었다. 희성은 치료를 마저 끝내고, 피리 소리가 나는 쪽으로 가까이 가 보려고 걸음을 옮겼다. 그때 부상병 가운데 한 사람이 옆 사람에게 말했다.

"저 피리 소리 오랜만에 듣는구먼."

"아는 사람이오?"

"잠깐 같이 싸웠제. 여리게 생겼지만 아주 당차고 똑부러진 접주여. 첨엔 어린 접주라고 다들 좀 꺼렸는디 웬만한 어른보다 훨 낫드랑께. 가끔 저리 피리 부는 걸 들었제."

"확실한가요?"

희성은 반가운 마음에 바짝 다가가 물었다. 그러자 틀림없다는 표정으로 고개를 끄덕였다.

"분명 그때 들었던 피리 소리가 확실혀. 근디 왜 그러는가?"

"제 친구인가 해서요. 혹시 이름이 이설홍 아닌가요?"

"맞어. 계집애 이름 같아 기억을 하제."

순간 희성은 여자가 맞다고 하려다 멈칫했다. 설홍이 남자로 속이고 들어간 걸 깜박했다. 희성은 당황한 가슴을 쓸어 내렸다. 탄의 편지를 아직 갖고 있어 내내 마음에 걸렸던 희성은 어떻게 해서든 전해 줘야겠다고 생각했다.

"지금 어디 있는지 아세요?"

"알제. 상처가 이 정도 나았으니 이제 다시 가서 싸워야제. 저 피리 소리 들으니께 맴이 더 급해지는구먼."

희성은 자신이 당장 가서 전해 주고 싶었지만 부상병이 계속 오고 있어 자리를 비우기가 힘들었다.

"저, 부탁 좀 드려도 될까요?"

"뭔디?"

"편지 좀 전해 주시겠어요. 전 지금 여기를 비울 수가 없는데, 얼른 전하고 싶어서요."

희성은 주머니에서 편지를 꺼냈다. 앞날을 예측할 수 없으니 될 수 있으면 빨리 전해 주고 싶었다.

"그러지 뭐. 내 꼭 전함세. 정성껏 치료해 준 고마움을 이렇게라도 갚을 수 있어 좋구먼."

부상병은 편지를 받아 들어 안주머니에 넣고는 걱정하지 말라는 듯 고개를 끄덕여 보였다.

설홍은 다친 한쪽 팔이 아려 왔지만 피리를 계속 불었다. 가슴을 울리는 피리 소리에 농민군들의 지친 몸과 마음이 스르르 녹아내렸다. 같은 하늘 아래 있을 가족들 생각이 절로 났다. 사람들은 눈시울이 금세 붉어졌다.

"집어치워."

설홍은 깜짝 놀라 멈추었다. 피리 소리에 젖어 있던 다른 사람들도 분위기를 깨는 소리에 무슨 일인가 싶어 쳐다보았다. 저쪽에서 젊은 농민군 한 사람이 못마땅한 듯 사람들을 둘러보며 다시 소리쳤다.

"다 끝난 마당에 이런 감상에 젖어 있을 때냐고!"

다른 농민군들이 그 말에 동조하며 한마디씩 거들었다.

"맞어. 이제 다 끝난 거 같어. 우리는 죽는 일만 남은겨."

"옆에서 같이 밥 묵고 얘기하던 사람들이 눈앞에서 죽어 나가는디⋯⋯. 지금도 난 살이 떨린당께."

"이제 다 흩어져야 하는 거 아니여?"

설홍은 당황스러웠지만 당당함은 두려움을 극복하게 한다는 아버지의 말을 떠올렸다.

나는 접주다. 나는 한 접을 이끄는 접주다. 설홍은 속으로 몇 번 되뇐 뒤 앞으로 나섰다.

"이런 거 다 각오하고 시작한 거 아닙니까? 가족 두고 집 떠나 여기 올 때는 다 각오한 일 아니난 말입니다. 여러분, 희망을 잃지 맙시다. 뜻을 꺾지 않으면 언제든 일어설 수 있습니다. 우리와 함께한 많은 이들이 다치고 죽었습니다. 그들의 희생이 헛되지 않도록 해야 하지 않습니까……."

설홍은 힘주어 말하다가 피 흘리며 쓰러져 간 사람들 모습이 떠오르자 목이 메었다. 사람들은 더는 아무 말도 하지 않고 그 자리에 주저앉아 한숨만 내쉬었다. 설홍은 괜히 자기 때문에 분위기가 험해진 것 같아 미안한 마음이 들었다.

피리를 주머니에 넣고 우두커니 서 있는 설홍에게 김씨가 다가와 어깨를 두드렸다.

"신경 쓰지 마라. 다들 가족이 그립고 내일이 걱정되니 저러는 거다. 많이 지치기도 했고."

"네."

그때 몸집이 큰 농민군이 다른 농민군의 멱살을 잡고 와 바닥에 메다꽂았다.

"아까부터 눈치가 이상해서 계속 지켜보고 있었는디 내 예상이 맞았당께. 오줌 누러 가는 척하더니 저짝으로 막 내빼더라고. 가다가 놈들한테 발각이라도 되면 우리 있는 곳 다 들통나는 거 아녀."

농민군은 무릎을 꿇은 채 고개를 숙이고 벌벌 떨었다. 무단이 탈했다가 잡히면 엄벌에 처해진다는 걸 알고 있기 때문이다. 급기야 흐느껴 울면서 하소연했다.

"우리 마누라 금방 해산할 때 되었는디 내가 죽으면 우리 식구들 어쩔 것이오. 잘살아 보자고, 좋은 세상 만들어 보자고 덤벼

들었는디 앞이 안 보이니 너무나 무서워서……."

"당신 한 사람 때문에 여기 있는 사람들 다 죽어도 좋다는 말이야!"

붙잡아 온 사람이 소리를 빽 질렀다.

"나는 마누라 아이 낳기 전까장은 돌아갈 줄 알았는디, 이라고 길어질 줄은 몰랐고만. 집에서는 애타게 기다리고 있을 거인디……."

농민군은 말하다가 퍽퍽 울었다.

설홍은 집에 홀로 있는 어머니가 떠올랐다. 대찬 어머니지만 전쟁터로 향하는 딸을 차마 격려해 주지 못하고 불안해하던 모습을 생각하니 마음이 저려 왔다. 아버지를 미워하면서도 애타게 기다리던 탄의 간절한 마음도 와닿았다. 싸우러 떠난 사람도 아프고, 남아서 기다리는 사람도 아프기는 매한가지다.

"이번은 그냥 넘어가지만 두 번은 안 됩니다. 여기 있는 사람들 다 마찬가집니다."

설홍이 강한 어조로 말했다. 그러자 붙잡아 온 사람이 봐주는 게 못마땅한 듯 침을 퉤 뱉고는 가 버렸다.

"이들을 탓하진 말자. 여기까지 함께한 것도 참으로 고마운 일이제."

김씨가 설홍의 어깨를 두드려 주며 말했다.

"네, 아저씨."

그때 한 남자가 다가왔다.

"그런데 우리 여기서 후퇴하게 되면 이제 이 싸움 끝내는 거죠? 더는 버틸 수도 없을 것 같은데."

설홍은 김씨에게 말을 거는 남자를 쳐다보았다. 그는 지난번부터 불쑥불쑥 작전이나 움직이는 동선에 대해 물어보곤 했다. 설홍은 그 사람의 말을 들을 때마다 어디서 봤는지 생각했지만 기억나지 않았다.

"무슨 소리요? 갈 때까지 가 봐야제. 그게 아니라면 여기까지 오지도 않았을 거요."

김씨가 한마디 쏘아붙이고 자리를 뜨자 남자는 인상을 찌푸렸다.

"도대체 이 짓을 언제까지 해야 되는 거야?"

설홍은 뒤돌아 걸어가는 그를 유심히 보았다. 그 남자의 말에서 뭔가 불길한 느낌이 들었다. 생각해 보니 그는 본격적인 전투가 시작되면 모습이 보이지 않다가 잠시 휴전일 때 다시 나타나곤 했다. 어수선한 상황이라 다른 사람들은 눈치채지 못했겠지만 설홍은 이상한 느낌을 받았던 터라 그의 행동을 유심히 살폈었다. 무엇보다 귀에 익은 그의 목소리가 자꾸만 거슬렸다.

그가 한쪽 구석에 앉더니 마른 풀을 신경질적으로 한 움큼 뜯어냈다. 그래도 직성이 안 풀리는지 돌을 집어 흙을 파내며 구시렁거렸다.

"질긴 것들. 도대체 언제 그만둘 거야? 얼른 이 짓을 끝내야 물건을 팔아넘기지, 원!"

순간 설홍은 한 대 얻어맞은 것처럼 머리가 띵했다. 남자가 마른 풀을 잡아 뜯는 걸 보고는 그가 누군지 생각났다. 친구들과 뒷산 넙적바우에서 본 왜놈 앞잡이가 분명하다. 그 두 명의 보부상 가운데 한 명이 틀림없다. 그때도 이렇게 풀을 신경질적으로 뜯어냈었다. 이자는 의병으로 온 게 아니라 염탐하러 온 첩자다. 그동안 이곳의 움직임을 적에게 낱낱이 알려 주었다고 생각하니 속에서 화가 치밀어 올랐다. 죽어 간 많은 사람의 모습이 떠올랐다. 힘없이 쓰러지면서 흘린 그들의 눈물과 피가 천지를 적시던 그 순간들이 떠올랐다. 함께한 동지들의 목숨을 팔아넘긴 파렴치한 놈이라고 생각하니 분노가 치솟았다.

설홍이 달려들어 그의 팔을 잡았다.

"나 당신 누군지 알아."

"뭐라는 거야? 이 녀석이."

"맞잖아. 왜놈들 앞잡이."

그가 미간을 찌푸리며 설홍의 손을 뿌리쳤다. 그대로 도망치려는 남자를 설홍이 냅다 잡아당기며 한쪽 팔을 꺾으려 했다. 그러자 그가 재빨리 설홍의 멱살을 잡았다. 억센 남자의 손이 목을 누르자 숨을 쉬기가 힘들었다. 설홍은 두 손으로 남자의 팔을 잡아, 있는 힘껏 팔을 비틀어 밀쳐 냈다. 남자가 뒤로 나자빠지면서 설홍의 옷을 잡아당겼다. 순간 옷고름이 뜯어지면서 설홍의 가슴을 칭칭 두른 무명천이 보였다. 넘어진 남자가 놀란 눈으로 설홍을 쳐다보았다. 설홍은 얼른 옷깃을 잡아 여몄다.

"너…… 계집애였어?"

남자는 능글스럽게 웃었다. 그러고는 다시 설홍을 향해 달려들었다. 설홍이 비명을 질렀다. 저쪽에서 김씨와 농민군 한 사람이 뛰어왔다.

"이놈 첩자예요. 왜놈들 앞잡이요."

설홍의 말에 남자는 냅다 뛰어 도망쳤다. 워낙 빨라 김씨와 농민군은 뒤쫓아 가려다 말고 설홍에게 다가왔다.

"괜찮아? 다친 데는 없어?"

설홍의 뜯긴 옷고름을 보자 김씨가 자신의 겉옷을 벗어 내밀었다.

"어서 이거 걸쳐라."

김씨가 옷을 건네고 뒤돌아설 때야 설홍은 자신의 상황을 알아챘다.

"너…… 여자였어?"

멍하니 서 있던 농민군이 물었다.

"여자면 뭐? 여자는 사람 아니여? 뭘 귀신 보듯 보는가."

설홍은 당황한 표정으로 김씨를 바라보았다. 설홍이 여자임을 그는 이미 알고 있었다. 설홍은 벌겋게 달아오른 얼굴로 받아 든

옷을 얼른 껴입었다.

"자넨 어서 가서 첩자가 있었다는 사실을 알리게. 장소를 옮겨
야겠어."

김씨가 얼떨떨한 표정으로 서 있는 농민군에게 말했다.

"어, 언제부터 알고 계셨어요?"

농민군이 가고 나자 설홍이 물었다.

"저번 전투에서 네 어깨에 칼 스쳤을 때 알았다. 치료하자고 옷
벗어 보라고 해도 안 벗고 풀숲으로 들어가길래 걱정돼 뒤따라갔
더니……."

설홍은 고개를 푹 숙였다.

"걱정하지 말거라. 그리고 네가 여자인 게 뭐 어떠냐. 나라를
구하고 새로운 세상을 만드는 데 백성의 자격이면 되지 뭐가 더
필요하겠냐. 그리고 남자 못지않은 여자 의병도 많은 게 사실이
고. 대표적인 게 바로 너 아니냐."

김씨는 고개를 끄덕이며 웃어 주었다. 설홍은 울컥 눈물이 났
다. 꾹꾹 눌러 왔던 감정이 가슴 밑바닥에서부터 올라왔다. 꾸역
꾸역 솟아나는 눈물을 어찌하지 못한 채 설홍은 그 자리에 주저
앉아 평평 울었다.

설홍이 감정을 추스를 때까지 김씨는 옆에 서서 먼 하늘을 바
라보며 기다려 주었다. 한참 뒤에야 설홍이 자리에서 일어났다.

"아닌 걸 알면서도 못 본 척하고, 못 들은 척하는 사람들이 얼

마나 많으냐. 그런데 넌 이렇게 당당하게 싸우고 있지 않으냐."

"고맙습니다. 아저씨."

김씨가 설홍의 어깨를 토닥여 준 뒤 먼저 자리를 떴다. 잠시 후 마음을 다잡은 설홍이 진영으로 이동하려던 참이었다.

"나 왔네, 이 접주."

전에 같이 싸우다 부상당한 농민군이었다. 설홍은 반가운 마음에 웃으면서 인사했다.

"이제 괜찮으세요?"

"이 정도면 말짱하제."

농민군은 다친 팔을 이리저리 흔들어 보이며 말했다.

"근디 내가 줄 것이 있어."

농민군이 설홍에게 편지를 내밀었다.

"이게 뭐예요?"

"누가 전해 달라고 하더만. 나 치료해 준 사람인디 이 접주 친구라고, 김희성이라 하면 알 거라고 하데."

설홍은 놀란 얼굴로 편지를 받아 들었다.

잠시 휴전일 때 고요한 적막 가운데 있으면 그리운 얼굴들이 떠오르곤 했다. 늘 어머니 다음으로 친구들이 그리웠다. 다들 어찌 지내는지 무척 궁금했다. 친구들과 이야기하며 놀던 시절이 그리워 남몰래 울기도 했다. 그럴 때마다 소중한 사람들을 떠나와 무엇을 위해 여기서 이러고 있는 걸까, 내가 바라는 세상은 정말 오는 걸까, 그것을 위해 너무 많은 사람이 희생당하는 건 아닐까 의문이 들곤 했다. 돈 욕심이 많긴 하지만 가끔씩 친구들을 위해 과감하게 쓸 줄도 아는 진구, 자기보다 남을 더 위하고 속정이 깊은 희성이, 성깔은 있지만 감수성이 풍부해 이야기를 잘 짓는 탄…….

설홍은 한쪽으로 가 편지를 펼쳤다. 탄이 써 보낸 편지임을 알고는 다시 한번 놀랐다.

설홍에게,

난 네가 왜 그 위험한 곳으로 가야 했는지, 죽음을 각오하고 간 너의 마음은 무엇인지 아무리 생각해도 모르겠어.

그런데 다른 건 생각하고 싶지 않아. 그냥 네가 무사하기만 하면 좋겠어. 살아서 돌아와 준다면 더 바랄 게 없을 것 같아. 너랑 별 보면서 얘기했던 그 순간 난 무척 행복했어. 내가 지은 이야기를 듣고 진심으로 좋아해 주는 널 보면서 많이 설렜거든……. 내가 정말 멋진 이야기꾼이 될 수 있을 것만 같았어.

너 떠나던 날, 내가 몰래 숨어서 본 거 모르지? 다시는 못 볼 수도 있는데 넌 아무렇지도 않은 것 같아 화가 났었어. 혹시 내가 오지 않나 기다리는 눈치도 아닌 것 같고……. 이제 그런 거 서운해하지 않을 거니까 제발 무사히 돌아오면 좋겠어. 안 좋은 소식 들려올 때마다 심장이 떨려서 아무것도 할 수가 없어. 내가 널 많이 좋아하나 봐……. 지금 말 안 하면

두고두고 후회할 것 같아서 얘기하는 거야. 네가 이 편지를 볼 수 있을지 모르지만……

전에 너랑 같이 본 별은 환하게 빛났는데, 지금 나 혼자 보는 별은 눈가에 맺힌 눈물처럼 슬퍼 보여. 다시 환하게 반짝이는 별을 보고 싶다. 그리고 널 이해해 보려고 노력할 테니 너도 무사히 돌아와 내 이야기를 다시 들어주면 좋겠어……

탄.

설홍은 편지를 읽는 동안 놀라움과 아쉬움, 설렘과 안타까운 마음이 교차했다. 심란하던 차에 탄의 편지가 큰 위안이 되었다. 다 읽고 나서도 한참을 그대로 있던 설홍은 편지를 접어 안주머니에 넣었다. 그때 누군가가 소리쳤다.

"놈들이 공격해 온다!"

조일 연합군이 다시 공격에 나섰다. 설홍은 서둘러 진영으로 달려갔다.

농민군은 죽을힘을 다해 격렬하게 싸웠다. 밤이 깊어 갈 때까지 총소리가 울렸다. 어둠 속 세상이 붉게 물들어 갔다.

탄은 아버지가 전쟁터로 떠날 때는 이젠 다시 안 볼 거라고, 돌아오지 않아도 상관없다고 생각했다. 하지만 수많은 사람이 죽고, 다쳐 나간다는 걸 안 뒤로는 눈앞이 깜깜해졌다. 혹시 소식이라도 들을까 싶어 아버지와 친분이 있는 사람들을 찾아가 보기도 하고, 사람들이 많이 다니는 시장통에도 나가 보았다. 누가 죽고, 누가 다치고, 누가 끌려갔다는 이야기는 전해 들었지만 아버지 소식은 들을 수 없었다.

탄이 땔감을 지고 마당으로 들어섰다. 할머니와 준은 마늘을 까면서 이야기를 나누고 있었다. 할머니의 얼굴에 그늘이 가득했다. 농민군이 패하고 사상자가 많다는 소식을 전해 들은 할머니는 걱정이 이만저만이 아니었다. 할머니는 손자들에게 내색하지 않으려고 했지만, 탄은 순간순간 드러나는 불안한 표정을 읽을 수 있었다.

"할머니."

준이 마늘을 까다가 마늘쪽 하나를 들고 할머니를 불렀다.

"왜 그랴."

"이거 땅에 심으면 마늘이 여러 개 나온다고 했잖아요."

"그란디?"

"어떻게 하나가 여러 개가 될 수 있어요? 신기해요."

준의 말에 할머니는 쓸쓸한 미소를 지었다. 그러고는 한숨을 내쉬며 말했다.

"그러게나 말이다. 마늘도 나눌수록 풍성해지는 법을 아는디, 다 같이 잘사는 법을 아는디 어찌 생각이라는 것을 하고 사는 사람들이 그걸 모를까……."

"응? 뭘 몰라요?"

준이 눈을 동그랗게 뜨고 말하자 할머니는 웃으면서 고개를 저었다.

"아니다. 그냥 할미 혼자 하는 소리다. 손 매울라 그만하고 씻어라."

탄은 지게를 마당 한쪽에 내려놓고 다시 밖으로 나왔다. 나눌수록 풍성해진다는 할머니의 말이 귀에 쟁쟁했다. 탄은 마늘을 보고 한 번도 그런 생각을 해 본 적이 없지만 맞는 말이다. 마늘은 한 쪽이 여러 쪽으로 나뉘어 한 덩어리의 육쪽마늘을 만들어 낸다. 이런저런 생각을 하며 걷던 탄은 어느새 설홍과 함께 마을을 내려다보던 뒷산 언덕에 올랐다.

탄은 늘 앉던 자리에 앉아 하늘을 올려다보았다. 아버지와 설홍의 얼굴이 저물어 가는 하늘에서 나타났다. 지금 가장 미우면서도 가장 그리운 얼굴이 그 두 사람이다. 아버지는 우릴 보고 싶어 하기는 할까? 설홍이는 내 편지를 받아 봤을까? 어느새 탄의 눈은 노을빛으로 물들었다.

"또 보네그려."

탄은 고개를 돌렸다. 삿갓 쓴 남자가 서 있었다. 탄은 단번에 알아보지 못했다. 한참 생각하다 지난번에 자기 배에 태운 사내임을 기억해 냈다. 탄은 눈인사만 간단하게 했다.

"허허, 오늘도 고민이 있나 보군."

탄의 얼굴을 쳐다보던 사내가 한숨을 크게 내쉬었다.

"하기야 시국이 이 모양인데 백성들 가운데 편한 얼굴이 어디 있겠는가."

탄은 궁금해졌다. 이 사람은 무슨 일을 하기에 이런 행색으로 돌아다니는 걸까.

"이런 세상을 보여 줘서 미안하네."

뜬금없는 말에 탄은 사내를 쳐다보았다. 무슨 뜻이지? 탄의 생각을 읽기라도 한 듯 사내가 마을을 내려다보며 말을 이었다.

"지금 자네 나이엔 자신에 대한 고민만으로도 벅찰 텐데, 이리도 무거운 짐을 지어 주고 있으니……."

탄은 자신의 마음을 알아주는 것 같아 울컥했다. 모르는 사람이지만 친근하게 느껴졌다.

"백성이 곧 하늘이고, 나라의 근본이라고 했나요?"

탄은 자기도 모르게 속에 있던 말을 불쑥 뱉었다. 그가 동학교도가 아니라면 잡혀갈 수도 있다. 하지만 탄은 이 사람에게는 말해도 될 것 같았다. 사내가 탄을 바라보았다.

"그런 세상이 올까요?"

탄은 다시 물었다.

"자네는 어떻게 생각하나?"

"올지 안 올지는 잘 모르겠지만 지금 당장 집이고 가족이고 다 망가지고 있는데 훗날 새로운 세상이 오면 뭐 하나, 그런 생각이 들어요. 이렇게 많은 사람이 죽어 나가는데……."

사내는 말없이 고개를 끄덕였다.

"그래, 자네 말이 맞네. 소중한 걸 다 잃고 난 뒤에 좋은 세상이 온다고 무슨 소용이 있겠나. 그런데 말이네. 그런 세상이 절대로 그냥 오지는 않는 법이네. 예부터 목숨을 내걸고 나라를 지킨 사람들이 있었기에 이렇게 이 나라가 흘러올 수 있었던 게지. 안 그랬다면 지금 나도 자네도 없지 않았겠는가. 하긴 이런 말이 자네에게 얼마나 와닿을지는 모르겠네만……."

탄은 점점 그림자 색깔로 저물어 가는 세상을 바라보았다. 하늘, 땅, 나무, 집……. 원래 가지고 있던 색깔들이 서로 뒤섞여 하나의 색으로 뭉개진 것처럼 보였다. 사내에게 들은 말들이 탄의 머릿속에서 뭉개져 뒤섞였다. 무엇이 옳은 일인지, 무엇을 위해 살아야 하는지 감이 잡히지 않았다.

"혹여 가까운 분이 농민군으로 갔는가?"

탄은 대답하지 않았다.

"저 색을 좀 보게. 정말 아름답지 않나?"

사내는 거무스레하게 변해 가는 하늘을 보며 말했다. 탄은 사내를 쳐다보았다. 그림자 색이 뭐가 아름답다는 건지 이해되지 않았다. 탄의 마음을 읽기라도 한 듯 삿갓 남자는 웃으면서 말했다.

"세상에 존재하는 모든 것이 다 자기 색깔을 내뱉고 스며들어 하나의 색을 내고 있지 않나. 지금 농민군들은 각자의 삶을 내놓고 서로의 상처를 끌어안으며 하나가 되어 가는 것이네."

탄은 놀라웠다. 같은 하늘을 보고 이렇게 다른 생각을 할 수 있다니……. 나는 외면만 보고, 사내는 내면의 깊이까지 본 것이리라. 탄은 글을 쓴다고 하면서 거기까지 생각하지 못한 자신이 실망스러웠다.

탄은 글을 잘 쓰기 위해 늘 노력했다. 땔감을 할 때도 집안일을 할 때도 특별히 눈에 들어오는 게 있으면 유심히 살펴보았다. 그게 사물이든 어떤 상황이든 상관없었다. 그러고는 그 느낌을 글로 적어 놓았다. 느낌은 오는데 글로 잘 표현이 안 되면 그림으로라도 그려 놓았다. 지금껏 모아 놓은 양이 꽤 된다.

"나는 지금 일어선 사람들이 결국 자기 자신을 지키는 일을 하는 거라 생각한다네. 그게 곧 가족을 지키고, 나라를 지키는 일이겠지. 지금은 많이 혼란스럽겠지만 이 말의 의미를 언젠가는 자네도 알게 될 거라 믿네."

자신을 지키는 일이 가족을 지키는 일……? 탄은 알 듯 모를 듯한 말 때문에 잠시 생각에 골몰했다.

"대장님."

그때 저 아래서 남자 하나가 올라오고 있었다. 그 남자도 삿갓을 썼다. 그는 탄을 경계하는 눈빛으로 쳐다보더니 사내에게 어서 가자고 눈짓했다.

"다음에는 좀 더 좋아진 세상에서 만나면 좋겠네."

사내는 자리를 떴다. 탄은 그림자 색이 더 짙어질 때까지 꼼짝하지 않고 앉아 있었다. 자기 빛깔을 다 내놓고 서로 스며들어 하나가 되는 이 시간이라……. 사내의 말이 계속 머릿속에서 맴돌았다.

　"탄아! 너 여기 있었어? 빨리 집으로 가 봐!"

　진구가 급하게 뛰어 올라오며 소리쳤다.

갈등

"다 저녁에 횃불까지 들고 또 뭔 일이오."

이방 최만득이 관졸들을 앞세워 집에 들이닥쳤다. 할머니는 눈을 부릅뜨고 노려보았다. 준은 벌벌 떨면서 할머니 치맛자락을 꽉 붙잡았다.

"그러니까 왜 일을 저질러 이 시간에 날 오게 만드냔 거야."

최만득은 잔뜩 짜증 섞인 말을 내뱉었다.

"시방 집에는 애들하고 나밖에 없소. 쥐 죽은 듯 살고 있는 우리가 뭔 일을 저질렀다고."

할머니가 최만득을 쏘아보며 말했다. 그러자 최만득이 입꼬리를 실룩거리며 실실 웃더니 소리쳤다.

"윤종수!"

아버지? 마당으로 막 들어서던 탄은 최만득의 입에서 나온 아버지 이름에 우뚝 멈춰 섰다. 섬뜩한 불길함이 가슴을 훑고 지나 갔다. 할머니의 눈동자가 심하게 요동쳤다.

"당신 아들이 무슨 짓을 했는지 아쇼? 윤종수가 일본군 장교 를 죽였소."

순간 할머니의 몸이 휘청거렸다.

"지금 일본군이 윤종수를 찾느라 혈안이 돼 있소."

"그럴 리가 없소. 괜히 애먼 사람 잡지 마시오."

할머니는 떨리는 목소리를 감추려고 최대한 힘을 주어 말했다. 탄은 할머니의 말을 듣는 순간 직감했다. 할머니는 아버지가 그 왜군 장교를 죽였다고 생각한다는 걸.

"너희들 뭐 해! 집 안을 샅샅이 뒤져라. 혼자 계획하지는 않았 을 거야. 뭔가 꼬투리가 될 만한 게 분명 있을 거야. 남김없이 찾 아내!"

최만득의 말이 떨어지기가 무섭게 관졸들이 신발을 신은 채 방 안으로 들어가 마구잡이로 뒤지기 시작했다. 한참 뒤 관졸들 은 아무것도 찾아내지 못하고 마당에 모였다.

"뭐야, 다들 빈손이야?"

관졸들은 서로 얼굴만 쳐다보며 머리를 긁적였다.

"다시 뒤져! 누구 목숨 동강 나는 꼴 보고 싶어?"

최만득은 소리를 빽 질렀다. 윤종수를 찾아내지 못하면 자신 의 목을 내놔야 할 판이었다. 윤종수가 최만득의 관할이다 보니 추궁을 잔뜩 받은 터였다. 관졸들은 다시 뒤지기 시작했다. 최만득은 분이 풀리지 않는지 눈에 들어오는 물건들을 던지고 짓밟았다. 그나마 넉넉하지 않은 살림살이들이 망가지는 걸 보고 있던 할머니가 최만득을 붙들고 매달렸다.

"그만혀라, 이놈아. 이 쪼만한 집에서 그리 뒤져서 안 나오면 없는 게지. 애들 아비 집 나간 지 오래고, 여태 소식 한번 없는디."

"이 늙은이가 뭐라는 거야?"

최만득이 할머니의 가슴을 걷어찼다. 할머니는 숨이 멎는 듯한 고통에 비명 소리도 못 내고 나동그라졌다. 할머니를 잡고 있던 준이도 함께 넘어졌다. 그 바람에 최만득이 내던진 사기그릇이 바싹 깨지며 조각들이 사방에 튀었다.

"할머니!"

사립문 앞에서 멍하니 있던 탄은 새파래진 얼굴로 달려 들어갔다. 얼굴이 까진 준이 울음을 터트렸고, 할머니는 움직이지를 못했다. 할머니의 이마에서 피가 흘렀다. 탄은 분노가 치밀어 올랐다. 짐승만도 못한 이방에 대한 분노인지, 이해해 보려고 노력하고 있는 아버지에 대한 원망인지 알 수 없는 분노에 치가 떨렸다.

"정말 장교를 죽였다면 집으로 올 리 없고, 집 안에 단서를 남겨 둘 리도 없겠지. 아무 힘도 없고 더는 뺏길 것도 없는 우리한테 헛발질하지 말고, 다른 데 가서 찾아보시지."

탄은 분에 못 이겨 잘근잘근 씹어 내뱉듯 말했다. 최만득이 탄을 쏘아보더니 소리쳤다.

"잡아!"

관졸들이 달려들어 탄을 양쪽에서 붙들었다. 탄은 벗어나려 발버둥 쳤다. 최만득이 탄의 배를 냅다 찼다.

"헉!"

탄은 맥없이 무릎을 꿇었다.

"이런 건방진 놈. 네까짓 게 감히."

성에 안 차는지 최만득은 탄의 얼굴과 몸을 닥치는 대로 두들 겨 팼다. 탄은 아무런 저항도 하지 못하고 그대로 매를 맞았다.

"형!"

준이 맞고 있는 형을 보며 울었다.

"이놈들아, 차라리 나를 죽여라."

간신히 정신을 차린 할머니가 소리쳤다.

"윤종수한테 무슨 연락이라도 오면 바로 알리는 게 좋을 거야. 안 그러면 그땐 다 죽어. 너도 네 동생도 저 늙은이도."

최만득이 할머니와 준을 쏘아본 뒤 탄의 턱을 한 손으로 치켜 들고 말했다. 피범벅이 된 탄은 힘겹게 숨을 내뱉었다.

"재수 없게 이런 일에 엮일 게 뭐람. 에잇, 퉤!"

최만득은 아무것도 알아내지 못하자 화가 나는지 그악스럽게 침을 뱉었다. 최만득이 나가자 관졸들도 뒤를 따라 철수했다.

준이 탄에게 달려와 안겼다.

"형, 피 많이 나. 형 죽으면 안 돼. 아앙."

별이 반짝이는 밤하늘로 준의 울음소리가 퍼져 나갔다.

탄의 집 담벼락에 기대고 앉아 흐느끼던 진구가 이방과 관졸들이 가고 나자 마당으로 들어섰다. 탄은 준을 달랜 뒤 끙끙 앓고 있는 할머니 옆으로 기어갔다. 할머니는 맞아 터진 탄의 얼굴을 보며 눈물을 흘렸다.

"할머니는 내가 방으로 모실게."

진구는 할머니를 업고 방으로 들어가 자리에 눕혔다. 이마에 난 피를 닦아 드리고 마당으로 나와 준을 챙겼다.

"준아, 방에 들어가 할머니랑 같이 있어."

"진구 형, 우리 형 피 많이 나."

"형이 닦아 줄게. 넌 들어가 있어."

준이 방으로 들어가자 진구가 탄을 부축했다.

"미안해……. 내가 나설 수가 없었어."

"괜찮아. 나섰다가 너까지 맞으려고?"

"그래도……. 근데 너희 아버지가 정말 그랬을까? 사실이라면 계속 찾아와 괴롭힐 텐데 어쩌냐."

탄은 얼굴을 무릎에 파묻었다. 조금씩 탄의 어깨가 흔들렸다. 진구가 탄을 안았다.

"나보고 어떡하라고……."

탄은 흐느끼기 시작하더니 이내 꺼이꺼이 소리 내 울었다. 지

치고 서러운 마음이 뒤섞여 울음이 멈추지 않았다.

"할머니, 형 우나 봐요."

방에 있던 준이 자리에서 일어나며 말했다.

"어딜 가려고."

할머니가 힘없는 손으로 준의 팔을 잡았다.

"형 달래 줘야죠."

"형이 창피할 거인디. 동생한테 우는 거 보이기 싫을 거 아녀."

준이 고개를 끄덕였다.

"아버지는 언제 와요? 나 너무 무서워요."

준이 할머니 품으로 파고들며 누웠다. 할머니가 준을 껴안아 주며 달랬다.

"곧 올 게다. 느그들이 사람답게 살 수 있도록 좋은 세상 만들어 올 게다. 와서 준아, 하고 부를 테니 조금만 기둘려."

"정말?"

"아무렴."

"할머니?"

"응?"

"형 말이야, 맞은 거 아파서 우는 거지? 너무 아파서……."

할머니는 준을 안으며 가만히 머리를 쓰다듬어 주었다.

탄이 눈물을 닦아 내며 말했다.

"할머니하고 준이 내가 지킬 거야. 꼭 지켜 낼 거야."

"그런데 어쩌자고 그렇게 달려든 거야? 맞으려고 작정한 사람처럼."

"맞아."

"뭐?"

"몸도 마음도 머리도 다 뒤죽박죽이던 차에 할머니랑 준이가 당하는 거 보니 눈이 뒤집어졌어. 그리고 그놈들한테 맞더라도 내가 맞아야 하잖아."

진구는 아무 말도 하지 못하고 한숨만 내쉬었다.

"그런데 넌 괜찮아? 부모님한테 말씀드렸어?"

탄이 진구를 쳐다보며 물었다.

"아니, 아직……. 형이 의병인지 모르시는데 사태가 좀 잠잠해지면 말씀드려야 할 것 같아."

"다시 말하지만 형 그렇게 된 거 네 탓 아냐. 그러니 너무 힘들어하지 마. 형도 원치 않을 거야."

진구는 자기를 구하려고 죽음으로 뛰어든 형을 생각하니 가슴이 찢어지는 듯 아렸다. 볼을 타고 흐르는 진구의 두 줄기 눈물이 달빛에 반짝였다.

탄은 잠자리에서 벌떡 일어났다. 맞은 데가 쑥쑥 아리고 아파 자다 깨다를 반복하던 참에 밖에서 무슨 소리가 나는 듯했다. 탄은 방문 앞으로 다가갔다. 방문에 사람 그림자가 어른거렸다. 탄은 얼른 벽에 몸을 붙였다. 이 시간에 누구지? 불안감과 두려움에 숨을 몰아쉬었다. 숨소리가 방문 밖까지 들릴 것만 같았다. 탄은 얼른 입을 막았다.

"탄아……."

설홍이다! 탄은 설홍의 목소리임을 직감했다. 탄의 심장이 빠르게 뛰었다. 천천히 문을 열었다. 열린 문틈으로 달빛이 먼저 방으로 들어왔다.

"설홍이?"

"응."

설홍은 방 안으로 조심히 들어왔다. 탄은 얼어붙은 듯 설홍을 뚫어져라 쳐다보았다.

"어떻게 된 거야?"

"아까 왔는데 누가 너희 집을 감시하고 있더라고. 그래서 기다리다 들어오는 거야."

힘들고 외로웠던 탄은 설홍을 보자 눈물이 왈칵 나왔다. 이렇게 돌아와 준 것만으로도 위로가 되었다.

"무사해서 다행이다."

"그런데 너 얼굴이 왜 그래?"

탄을 바라보던 설홍이 놀란 표정으로 물었다.

"한바탕했어, 이방이랑."

"또?"

"아버지가…… 왜군 장교를 죽였대."

설홍은 놀라는 한편 더 말하지 않아도 다 알겠다는 표정을 지었다.

"할머니하고 준이는 괜찮아?"

"할머니도 많이 아프실 거야."

설홍은 한참 동안 탄을 쳐다보았다. 설홍이 살아 있는 걸 눈으로 직접 확인한 탄은, 마음 한쪽에 얹힌 것이 쑥 내려가는 기분이었다.

"지금 집에 갈 수는 없을 텐데……."

"집에 가려고 온 거 아니야."

"그럼?"

"다시 가야 해."

순간 탄은 머릿속이 하얘졌다. 맞은 데가 더 아프게 느껴졌다.

"부탁이 있어."

"무슨 부탁인데?"

탄의 딱딱한 말투에 설홍은 잠깐 주저하는 듯하다 낮은 목소리로 조심스럽게 말했다.

"당분간 숨어 있어야 할 분이 계셔. 배 좀…… 태워 줘."

탄은 얼굴이 굳어졌다. 숨겨야 한다면 그가 누구인지 물어보지 않아도 어떤 일을 하는 사람인지 알 수 있었다. 이 전투에서 핵심 인물이 틀림없다. 탄은 아버지 때문에 이번에도 얻어터졌고,

감시까지 받고 있다. 그런데 관군에게 쫓기는 사람을 도와준다면 목숨을 내걸어야 한다. 할머니와 동생이 또 무슨 일을 당할지 모른다. 탄은 생각이 여기에 미치자 설홍이 야속했다. 자세한 사정이야 모르지만 이렇게 불쑥 찾아와 위험한 부탁을 하는 설홍이 원망스러웠다. 설홍이 걱정되어 희성과 진구와 함께 찾으러 갔던 것도 모를 것이다. 그 와중에 진구네 형이 죽은 것도. 그렇게 아무것도 모르는 채 도와 달라고 하는 게 섭섭했다.

"안 돼."

탄은 나직하지만 단호하게 말했다. 설홍은 당황스러웠다. 바로 나서지는 않을 거라 생각했지만 이렇게 단칼에 거절하리라고는 생각하지 못했다.

"힘들다는 거 알지만 네가 제일 안전할 것 같아 온 거야. 네가 된다고만 하면 바로 모시고 올게."

설홍이 간절한 눈빛으로 말했다.

"누가 안전한데? 그분이?"

"탄아……."

"그럼 난? 우리 집은? 그 사람 살리자고 우리 가족이 어떻게 되든 상관없다는 말이야?"

"걱정하지 마. 관군들 시선을 다른 쪽으로 돌려놨으니 괜찮을 거야……. 후일을 도모하려면 이분은 절대 잡히면 안 돼."

"아니, 나라는 네가 지켜. 난 내 가족을 지킬 테니."

"좋은 세상이 그냥 오지는 않아. 누구는 죽고 누구는 다치기도 하면서 다들 위험을 감수하고 있어. 의병으로 온 사람들 다 힘들게 사는 사람들이야. 보살펴야 할 가족들도 있고…… 너만 힘든 거 아니야."

설홍이 야속한 눈빛으로 탄을 바라보았다.

"난 할머니랑 준이 지켜야 해."

탄은 설홍의 시선을 피하며 말했다. 부탁을 들어줄까, 하는 생각이 잠깐 들었지만 할머니와 어린 동생을 더 이상 위험에 빠지게 할 수는 없었다.

"나랑 같이 싸우던 분이 나 구하고 대신 돌아가셨어. 그분이 나한테 부탁했어. 집에 있는 딸에게 나무 인형을 전해 달라고. 싸움터에서 틈틈이 딸을 생각하며 만든 인형이야. 만들면서 얼마나 보고 싶어 했을지 생각하니 가슴이 턱 막히더라. 여기 오기 전에 그 집에 들렀어. 딸을 만나 인형을 전하는데 열 살밖에 안 된 아이가 뭐라고 했는지 알아?"

설홍은 목이 메는 듯 잠시 말을 잇지 못했다. 탄은 그런 설홍을 보며 당황했지만 내색하지 않고 가만히 기다렸다. 설홍은 진정이 되었는지 이어서 말했다.

"인형을 보더니 자기랑 똑같이 생겼다고 좋아하면서 아버지를 만나면 자기가 조금만 더 크면 함께 싸워 주겠다고 전해 달랬어. 그래야 빨리 아버지랑 같이 살 수 있다면서. 돌아가신 줄도 모르고……. 그 말 들었을 때 내가 얼마나 죄책감이 들고 힘들었는지 알아? 하지만 다시 생각했어. 지금 이 싸움은 우리 모두의 싸움이라고. 평등하고 사람답게 살아 보자고 다 같이 일어선 거니 죽고 다치고 가족과 이별하는 건 그 누구 탓도 아니고, 우리가 함께 겪어 내고 이겨 내야 할 일이라고."

탄은 아무 말도 하지 못했다. 무엇이 옳은 일이고, 어떻게 행동하는 게 맞는지 머릿속이 뒤죽박죽이었다. 탄은 설홍이 죽을 뻔했다는 말이 떠올랐다. 그 사람이 아니었으면 설홍이가 죽었을 것이라고 생각하니 아찔했다.

"죽는 게 어떻게 이겨 내야 할 일이야? 그렇게 목숨을 위태롭게 하는 건 무모한 일 아니야?"

설홍에 대한 걱정이 앞선 탄은 씩씩거리며 말했다. 설홍의 얼굴이 굳어졌다. 설홍이 벌떡 일어나며 말했다.

"너한테 실망이야. 옳다고 생각하면서도 행동하지 않고 가만히 있는 건 비겁해."

"널 이해해 보려고 했어. 그런데 넌 계속 네 편에서만 생각하는구나. 나도 너한테 실망했어."

탄도 일어서며 말했다. 설홍은 방문을 열고 밖의 상황을 살폈다. 탄은 설홍을 보며 가슴이 먹먹해졌다. 다시 떠나려 한다. 게다가 이렇게 좋지 않은 기분으로. 탄은 마음이 쓰리고 아팠다.

"이제 싸움 끝나지 않았어?"

갈등

탄은 떠나려는 설홍을 붙잡고 싶은 마음이 들었다. 그렇게나 보고 싶었던 설홍인데 이대로 보낸다면 앞으로 제대로 지낼 수 없을 것 같았다. 탄은 무슨 말이라도 해야 했다. 그래서 툭 튀어나온 말이었다.

"끝난 거 아니야. 지금 이렇게 쫓기고 숨고 후퇴하고 있지만 끝까지 싸울 거야. 넌 이렇게 당하는 거 억울하지 않아? 분하지도 않냐고."

설홍이 탄을 쏘아보며 말했다. 그러고는 휙 나가면서 한마디 덧붙였다.

"네 안의 상처만 보지 마. 그 상처를 만든 세상도 보면 좋겠어."

설홍이 나가고, 방문이 닫히고, 발소리가 사라지고, 다시 희미한 바람 소리가 들려올 때까지 탄은 그대로 서 있었다. 그렇게 보고 싶었던 설홍이 바람처럼 가 버렸다. 탄의 입에서 흐느낌이 새어 나왔다.

무언가에 이끌리듯 밖으로 걸어 나온 탄은 배가 있는 나루터로 갔다. 바람이 상처를 스칠 때마다 쓰라렸다. 깜깜한 밤바다는 아무것도 보이지 않았다. 하늘의 달과 바다의 달만 있을 뿐이었다. 탄은 두 달을 번갈아 보았다. 하늘의 달은 너무 멀어 잡을 수 없고, 바다의 달은 가까이 있어도 손에 잡히지 않는다. 하지만 둘다 어둠을 밝히고 있었다. 아버지가 달에 대해 말한 게 그런 뜻일까? 손에 잡히지 않아도 스며들어 함께하는 것?

에잇, 탄은 달이 어룽거리는 바닷물에 돌을 던졌다. 풍덩! 적막을 깨는 소리가 났다. 탄은 한숨을 내쉬며 나루에 앉았다. 몇 년 전 이곳에서 울고 있던 설홍의 모습이 떠올랐다.

배를 가지고 나간 아버지를 마중 나왔다가 울고 있는 설홍을 보았다.

"왜 울어? 무슨 일이야?"

우는 걸 들켜 버려 화를 내면 어쩌나 걱정하면서도 물었다. 자존심이 센 설홍은 좀처럼 눈물을 보이지 않았다. 그런 설홍이 울고 있어 탄은 당황스러웠다.

"나 말고 건이한테 줬어."

설홍은 눈물을 뚝뚝 흘리면서 말했다. 건이는 설홍의 사촌 남동생이다.

"뭘?"

"아버지한테 나무칼 하나가 선물로 들어왔는데, 그걸 건이한테 줬어. 내가 갖고 싶다고 그렇게나 말했는데."

"아버지가?"

"아니, 아버진 나한테 주려고 했는데 할머니가 그랬어. 계집애 한테는 필요 없다면서."

탄은 아무 말도 하지 못한 채 설홍을 쳐다보았다. 무예를 좋아하는 설홍이니 무척이나 갖고 싶었을 것이다. 그런데 그런 칼을 사촌 동생에게 줘 버렸으니 얼마나 속상했을지 짐작되었다.

설홍은 코끝이 벌게지도록 울고 나서는 소매로 눈물을 야무지게 닦았다.

"두고 봐. 내가 칼을 얼마나 잘 다루는지 보여 줄 거야. 그리고 여자도 할 수 있는 일이 많다는 걸 보여 줄 거야."

설홍은 그 일이 있고 난 뒤 더 열심히 무예를 익혔다.

탄은 씩씩거리며 다짐하던 설홍의 얼굴이 지금도 눈앞에 선했다. 그 위로 조금 전에 싸늘하게 이야기하던 설홍의 모습이 겹쳐졌다. 탄은 고개를 저었다. 부탁을 들어줄 걸 그랬나? 설홍이 하루만 더 일찍 오거나 늦게 왔더라면 부탁을 들어줬을지 모른다. 이방한테 당한 직후라 마음이 가라앉지 않은 상태였다. 왜 하필 오늘 찾아와서…….

탄은 도리질을 쳤다. 아니야, 잘한 거야. 나는 괜찮지만 할머니와 준이는 다치게 하고 싶지 않아. 더는 안 돼……. 여러 생각으로 머리가 복잡해진 탄은 고개를 들어 달을 보았다. 어머니가 생각났다. 속상하고 힘들 때마다 포근하게 안아 주던 어머니 품이 그리웠다. 어머니, 저 잘한 거 맞죠? 잘했다고 한 번만 웃어 주면 안 돼요?

탄은 한참을 더 앉아 있다가 동이 트기 전에 집으로 향했다. 설홍이 떠나면서 한 마지막 말이 계속 따라오며 괴롭혔다.

"네 안의 상처만 보지 마. 그 상처를 만든 세상도 보면 좋겠어."

쳇, 잘 알지도 못하면서. 네가 날 다 알아? 탄은 눈앞에 보이는 돌멩이를 있는 힘껏 발로 찼다. 그렇게 가 버렸으면 오지나 말지……. 그런데 설홍이는 내 편지를 받아 봤나? 아니야, 받았으면 얘기를 했겠지. 아직 희성이랑 만나지 못한 걸까?

힘없이 터벅터벅 걸어가는 탄의 눈앞에 어둠이 걷히고 아침이 열렸다. 탄은 걸음을 멈추었다. 불쑥 아버지가 보고 싶어졌다. 늘 등만 보여 주는 아버지지만 지금은 그 등마저 너무나 그립다. 그 등에 잠시라도 기대고 싶다. 탄은 아버지의 등을 떠올리며 눈물을 흘렸다.

어두운 밤이 지나면 이렇게 아침이 오는데, 아버지도 언젠가 이 아침처럼 오실 건가요?

아버지의 아버지

"형, 나도 따라가."

요즘처럼 어수선할 때 데리고 다니다가 무슨 일이라도 생기면 큰일이다.

"할머니 편찮으신데 너라도 옆에 있어야지. 오늘은 저녁에 모실 손님이 있어 좀 늦을 거야."

"싫어. 오늘은 형 옆에 있을래."

탄이 일하러 나갈 때 가끔 준이 따라간다고 보채기는 하지만 오늘은 유난스럽게 매달린다. 탄은 이방이 왔다 간 뒤부터 자신 에게서 떨어지려고 하지 않는 준이 안쓰러웠다.

"그럼 얌전히 있어야 해."

탄은 단단히 약속을 받아낸 뒤 준을 데리고 나갔다.

손님을 몇 번 태우고 왔다 갔다 할 동안 준은 배 한쪽에 가만히 앉아 있기만 했다. 손님이 없을 때 탄이 준에게 물었다.

"뱃멀미해?"

준은 고개를 흔들었다.

"그럼 왜 꼼짝 않고 있어?"

"형이 얌전히 있으래서 가만히 있는 거야. 안 그러면 다신 안 데려올 거잖아."

탄의 눈동자가 흔들렸다. 준의 눈동자에서 두려운 마음을 읽었기 때문이다. 아직 어린 준이 앞으로도 계속 두려운 마음으로 살아가야 하면 어쩌나, 불안감이 밀려왔다.

탄은 두 팔을 쫙 벌렸다. 준이 주춤주춤 일어나서 탄의 품에 안겼다. 탄은 준을 꽉 껴안았다. 어머니가 자신을 안아 준 것처럼.

"형!"

"응?"

"나도 노 저어 보고 싶어."

"왜? 노 젓는 게 재밌어 보여?"

"멋져 보여."

탄은 멍하니 준을 바라보았다. 노를 젓는 모습이 멋지다는 준의 말이 탄의 가슴을 먹먹하게 했다. 탄은 아버지의 노 젓는 모습을 보면서 한 번도 멋있다고 생각해 본 적이 없었다.

"노 젓는 모습이 왜 멋져 보여?"

"배를 움직이게 하잖아."

탄은 자신이 잡고 있는 노를 쳐다보았다. 그렇다. 이 노가 움직이지 않으면 배가 제대로 나아가질 못한다. 이 노가 움직이는 방향으로 배는 나아간다. 그리고 그 방향을 정하는 것은 내 손이다. 바로 나다. 우리는 모두 자기만의 노를 저어 가고 있는 걸까? 아버지도 설홍이도……. 내가 가고 있는 방향은 어디일까? 옳게 가고 있는 걸까?

"형!"

준이 생각에 빠져 있는 탄의 팔을 잡아당겼다.

"알았어. 근데 넌 아직 힘이 부족하니 형이 같이 잡아 줄게."

탄은 준에게 노를 잡게 한 뒤 자신도 손잡이 윗부분을 잡고 힘껏 저었다. 그러자 배가 천천히 방향을 틀고 움직였다.

"와, 배가 움직인다. 형, 내가 노 저어서 가고 있는 거 맞지?"

"그럼 맞지. 우리 준이 아주 멋진데!"

탄의 말에 준이 활짝 웃었다. 해가 서서히 기울어 갔다.

"근데 약속한 손님은 왜 안 오는 거야? 안 오면 이제 집에 갈까? 할머니 보고 싶어."

"조금만 더 기다려 보고."

약속해 놓고 오지 않는 손님도 가끔 있긴 하지만 이번 손님은 꼭 배를 타야 할 사람처럼 말했다. 안 올 리가 없는데…….

탄은 배에서 내려 목을 길게 빼고 주위를 살폈다. 날이 점점 어두워져 갔다.

탄은 할머니 약값을 마련하기 위해 얼마라도 더 벌어야 했다. 몸이 안 좋은 데다 얼마 전에 맞고 넘어지기까지 해서 거동이 불편해졌다. 희성이 없으니 약재를 얻을 수도 없다. 희성이 아버지는 아는 사이라고 해서 절대로 공짜로 주거나 값을 깎아 주는 법이 없다. 더군다나 희성과 그 숙부가 약재를 싸 가지고 없어지는 바람에 불편한 심기가 머리 꼭대기까지 차 있었다. 희성이는 잘 있는 건가? 싸움터는 아니라지만 조심해야 할 텐데…….

　"형! 하늘은 참 사이가 좋은 거 같아."

　하늘을 바라보던 준이 말했다.

　"왜?"

　"하늘에는 별도 있고 달도 있는데 서로 안 싸우잖아. 하늘처럼 우리도 안 싸우면 좋겠어."

　초롱초롱한 눈망울로 이야기하는 준의 모습이 귀엽기도 하면서 한편으로 짠했다. 즐겁고 재미난 것만 생각해도 모자랄 나이에 벌써부터 저런 생각을 하는 게 속상했다.

　"하늘만 그런 게 아냐. 땅도 마찬가지야. 꽃도 나무도 풀도 다 자기가 날 자리에서 나고 자라다 죽어. 하늘도 땅도 다 욕심 없이 아름답게 사는데, 그 가운데서 사는 사람만 안 그렇지. 사람만……."

　"형, 난 욕심 안 부릴 거야. 싸우는 거 싫어. 무서워."

　탄은 준을 안았다. 준이 지금처럼 어지러운 세상에서 살지 않고, 좀 더 평화롭고 안전한 세상에서 살면 좋겠다고 생각했다. 그래서 미래에 대한 꿈도 꾸고, 배우고 싶은 것도 마음껏 배울 수 있으면 좋겠다. 정말 새로운 세상이 되면 그렇게 살 수 있을까? 우리 준이만이라도 그런 세상에서 살아갈 수 있다면 얼마나 좋을까. 생각이 여기에 이르자 탄은 아버지가 떠올랐다. 아버지도 나와 같은 마음인 걸까……?

"어이, 거기."

탄은 고개를 돌렸다. 허리에 긴 칼을 찬 왜병이 서 있었다. 발음은 서툴렀지만 조선말을 했다. 준은 형 뒤로 숨었다. 탄은 준의 손을 꼭 잡았다. 아버지 때문에 찾아온 걸지도 모른다는 생각에 진땀이 났다.

"여기로 수상한 사람 안 왔나? 얼굴에 칼자국이 있는 놈인데."

탄은 속으로 한숨을 내쉬었다. 아버지 일로 온 게 아니었다.

"못 봤는데요."

왜병은 탄을 위아래로 훑은 뒤 인상을 찌푸렸다.

"아, 이 쥐새끼 같은 놈. 분명히 여기서 배를 탄다 했는데……."

혼잣말을 하며 투덜대던 왜병이 탄을 노려보며 말했다.

"넌 여기서 꼼짝 말고 있어. 난 저쪽에서 숨어 지켜볼 테니까. 누군가 배를 타러 오면 자연스럽게 행동해. 허튼수작했다가는……."

왜병은 말을 하다가 말고 탄 뒤에 딱 달라붙어 있는 준을 보며 능글맞게 웃었다. 탄이 얼른 대답했다.

"그, 그렇게 하겠습니다."

왜병은 나루터 뒤쪽 잡목 뒤로 숨었다. 탄은 준을 품에 안고 손님을 기다렸다. 오늘 약속한 손님이 저 왜병이 찾는 사람일 거라는 느낌이 왔다. 어쩌면 농민군이고 주동자 가운데 한 사람일지도 모른다. 지금까지 오지 않는 걸로 봐서는 눈치채고 다른 곳으로 피신한 게 분명하다. 오지 마세요. 오면 안 됩니다. 탄은 자기도 모르게 속으로 중얼거렸다.

탄은 설홍이 생각났다. 이렇게 감시가 심한데, 숨기려고 했던 그 사람은 잘 피신시켰을까? 날 믿고 찾아왔었을 텐데……. 그 순간엔 무섭고 야속해서 거절했지만 내내 마음이 불편했다. 어찌 되었나 궁금하기도 했다.

결국 손님은 나타나지 않았다. 참다못한 왜병은 '바카야로'를 연신 내뱉으며 가 버렸다.

날이 깊게 어두워져서야 탄은 준을 업고 집으로 돌아왔다. 평소에는 열려 있는 사립문이 닫혀 있었다. 탄은 불안한 마음으로 주변을 살폈다. 마치 폭풍 전야처럼 고요했다.

탄은 조용히 사립문을 열고 안으로 들어갔다. 할머니 방에서 말소리가 새어 나왔다. 아버지다! 아주 작은 소리지만 아버지 목소리가 분명하다. 탄은 커다란 돌덩이가 머리를 짓누르고 있는 것 같았다. 발을 뗄 수가 없었다. 아버지가 아주 돌아온 건 아닐 것이다. 왜군 장교를 죽였다 하지 않았는가. 잠든 준의 평온한 숨결이 탄의 목덜미를 타고 흘렀다.

그대로 서 있던 탄은 천천히 발걸음을 떼 작은방으로 들어가 준을 눕혔다. 그러고는 방에서 나와 할머니 방문 앞에 쪼그려 앉았다.

"왜군 장교를 죽였다는 게 참말이냐?"

"……네."

"그런데 이리 돌아다녀도 되는 거냐?"

"농민군이 조일 연합군과 마지막 전투를 벌이기 위해 월정리에 진을 쳤어요. 거기에 다 집중되어 정신없을 겁니다. 그래서 이렇게 올 수 있었는데, 이번에 패하게 되면 집에 못 들르고 어딘가로 가야 해서……."

"어디로 말이냐?"

"그건 아직……. 어디로든 숨어 들어가서 후일을 도모해야죠."

어쩌면 마지막이 될지도 모르는데 붙잡지도 못하는 상황이다. 아들을 다시 보내야 하는 할머니는 긴 한숨을 내쉬었다.

잠시 침묵이 흘렀다. 차마 말로 표현하지 못하는 두 사람의 마음이 오고 갔다.

"탄이는 걱정하지 마라. 언젠간 이해할 날이 올 게다. 그날 그 모습을 두 눈 뜨고 봐야 했던 아비를 생각하면 지금도……."

할머니는 목이 멘 듯 말을 잇지 못했다. 듣고 있던 탄은 온 신경이 곤두섰다. 무슨 말이지? 뭘 두 눈 뜨고 봐야 했다는 거지?

"어머니……. 흑!"

머리를 무릎에 파묻고 듣고 있던 탄은 고개를 들었다. 아버지가 운다. 아버지가 우는 건 한 번도 본 적이 없다. 방 안에서는 한참이나 아무 소리가 나지 않았다. 아버지의 흐느낌만 자그맣게 들려왔다. 탄은 찢어진 문 창호지 틈으로 방 안을 들여다보았다.

잠시 후 할머니는 장롱 밑바닥을 뒤집더니 뭔가를 꺼내 아들 앞으로 내밀었다.

"뭡니까?"

"얼마 안 된다. 숨어 지내더라도 먹고살아야 할 게 아니냐."

"아닙니다. 애들이랑 살기도 힘든데……."

아버지는 돈 꾸러미를 할머니 앞으로 밀었다. 그러자 할머니가 다시 아들 손에 쥐여 주었다.

"여그는 걱정하지 마라. 탄이가 나하고 준이한테 네 몫까지 잘하고 있으니께."

"탄이가 잘하고 있을 거라고 생각했습니다. 어머니, 죄송합니다. 저 때문에 힘드시게 해서."

"나는 괜찮다. 네 탓이 아니라 그냥 내 몫인 거제."

"어머니……."

아버지는 고개를 들지 못했다.

"애들은 보고 가야제?"

탄은 긴장했다. 아버지가 뭐라고 대답할지 궁금했기 때문이다. 보고 가겠다고 하면 작은방에 들어가 있어야겠다고 생각하며 몸을 일으켰다.

"아뇨. 안 보고 갈랍니다."

아버지의 말에 탄은 못내 서운했다. 안 보고 간다고? 다시는 못 볼지도 모르는데?

"안 보고 가야…… 꼭 살아서 애들 보러 올 거 같아서."

탄은 들끓었던 서운한 마음이 가라앉으면서 눈물이 핑 돌았다. 할머니는 고개만 천천히 끄덕였다.

"어머니, 건강하세요."

아버지는 일어나서 큰절을 올렸다. 탄은 서둘러 밖으로 나왔다. 집 밖 오른쪽 담벼락에 기댄 채 숨죽이고 있었다. 아버지에게 들키고 싶지 않았다. 안 보고 가야, 안 보여 줘야 살아서 돌아오실 테니. 방문을 열고 나오는 아버지 발소리가 들리자 탄은 눈을 감았다. 사립문 쪽으로 점점 가까이 다가오자 두근두근 가슴이 떨렸다. 어쩌면 아버지 모습을 보는 게 오늘이 마지막일지도 모른다. 탄은 망설였다. 눈을 뜨고 자기라도 아버지를 봐야겠다는 생각이 간절했다. 탄의 눈꺼풀이 파르르 떨렸다. 눈을 막 뜨려는 순간 발소리가 멈추었다. 숨이 멎는 듯했다. 탄은 눈을 뜨고 문 쪽을 보았다. 귀를 기울여 무슨 소리라도 들으려다가 멈칫했다. 달빛을 받은 자신의 그림자가 담벼락 모퉁이까지 뻗어 있었다. 탄은 아차 싶었다. 분명 아버지가 내 그림자를 본 거야. 내가 이쪽에 있는 걸 짐작한 거야. 잠시 멈추었던 발소리가 다시 났다. 발소리는 왼쪽 담벼락을 지나 저 멀리 사라져 갔다.

탄은 긴장이 풀리자 그 자리에 털썩 주저앉았다. 탄은 아버지가 자신의 모습을 보지 않고 떠나 다행이다 싶으면서도 서운한 마음이 들었다. 어디선가 고양이 울음소리가 났다. 어미를 잃은 새끼 고양이인 듯 울음소리가 구슬펐다.

한참을 그대로 앉아 있던 탄은 일어나 집 안으로 들어갔다. 할머니는 방문이 열리는 소리에 놀란 표정으로 탄을 쳐다보았다. 탄이 방 안으로 들어갔다.

"설마 지금 온 건 아니제?"

"아까요."

"아까……."

할머니는 말하다 말고 탄을 쳐다보았다.

"그럼 혹시……."

할머니는 말끝을 흐렸다. 탄이 다가앉으며 물었다.

"도대체 제가 알지 못하는 아버지 일이 뭐예요?"

순간 할머니는 곤란한 표정을 짓더니 일어나 자리를 펴기 시작했다.

"준이는? 저녁도 안 먹었을 건디."

"잠들어서 방에 눕혔어요."

"부엌에 저녁밥 챙겨 놨으니 갖다 먹고 얼른 자거라."

"할머니!"

힘이 들어간 말투에 자리를 펴던 할머니가 탄을 바라보았다.

"몰라서 답답한 것보다 알아서 힘든 게 나아요."

탄은 말해 줄 때까지 기다리겠다는 표정으로 할머니를 쳐다보았다. 할머니는 할 수 없다는 듯 한숨을 크게 내쉬며 힘들게 이야기를 꺼냈다.

탄이 세 살 때였다. 그때는 지금처럼 가세가 기울지 않았다. 할아버지가 워낙 부지런해 몇 마지기의 논으로 끼니는 걱정하지 않고 살았다. 며느리에게는 더없이 자상한 시아버지였다. 아버지는 그런 할아버지를 존경했다.

당시는 강화도 조약 이후 일본이 무역을 빙자해 쌀을 어마어마하게 가져갔다. 조선 전역에서 쌀값이 폭등해 안 그래도 힘든 농민들의 생활이 더욱 어려워졌다. 거기에 세도 정치가 심하던 때라 갖가지 이유를 달아 세금을 거둬들이니 가난한 백성들은 죽어라 죽어라 했다.

탄이네 집도 예외가 아니었다. 어린 탄에게도 군포를 적용해 쌀을 거두어 가려 했다. 부당한 세금 착취에 어이없었던 할아버지는 관리에게 맞섰다.

"어찌 세 살배기한테 군포를 내라고 한단 말이오. 이건 도적질이나 다름없소."

성격이 올곧아 평소에도 불의를 보지 못하던 할아버지가 세금을 걷으러 온 관리에게 대들었다.

"뭐라, 도적질?"

관리는 공무 집행을 방해했다는 죄목을 들어 할아버지를 관아로 끌고 갔다. 대충해서 내보내면 또 다른 이가 나설까 싶어 관에서는 본보기 삼아 일벌백계로 다스렸다. 곤장을 친 다음 말수레에 묶어 질질 끌고 다녔다. 거기에서 그치지 않았다. 피범벅인 채로 끌려다니는 할아버지의 모습을 아버지에게 보게 했다. 아버지는 수레에 꿇어앉아 질질 끌려오는 할아버지를 봐야만 했다. 너무 고통스러워 온몸에 경련이 일어났다. 눈도 못 감게 해 피눈물을 쏟으며 지켜봐야 했던 아버지는 그 자리에서 정신을 잃고 말았다.

할머니는 숨을 쉬지 않는 남편의 시신 앞에서 눈물조차 흘리지 못했다. 충격으로 말도 할 수 없었다. 관에서 몇 마지기 땅마저 빼앗아 갔다.

아버지는 상喪을 치른 뒤 한동안 넋 나간 사람처럼 집 안에 틀어박혀 있었다. 밥도 제대로 먹지 않고 삐쩍 말라 갔다. 그렇게 몇 년을 보낸 아버지는 동학인들 모임에 들어갔다. 사람이 곧 하늘이니 귀천이 따로 없다, 사람은 모두가 귀하고 평등하다. 이런 사상이 바탕이 된 동학에 아버지는 완전히 스며들었다. 관련 서적을 돌려 읽고 함께 토론하고 기도회를 열었다.

"어머니, 탄이 아버지 저러다 걸릴까 무섭습니다. 무슨 봉변을 당하려고 저러는지……."

"저렇게라도 정신을 차려 가니 그나마 다행이제. 그라고 그런 세상이 온다면야 이 정도 두려움쯤은 이겨 내야 하지 않겠냐. 자식들에게 이런 세상을 물려준다면 어디 편히 눈감겠느냐."

남편 걱정으로 불안에 떠는 며느리에게 할머니는 단호하게 말했다.

그 후로 아버지는 따로 모임을 만들어 자주 집을 비웠다. 벼슬아치들의 횡포가 극에 달하고, 농민들의 분노가 머리끝까지 치솟자 봉기를 위해 대책 모임에 나갔다. 그때부터 어머니의 병이 깊어졌다. 어머니가 눈을 감기 바로 전에도 아버지는 접을 대표하는 사람들의 모임에 나갔었다.

"느그 아비는 눈만 감으면 할아비 모습이 떠올라 잠을 제대로 못 잤다."

탄은 밤이면 늘 마당을 서성이던 아버지가 떠올랐다.

"이리 살아야 하는 아비를 네가 이해하거라."

아버지와 할아버지에게 그런 사연이 있을 줄이야. 그동안 아버지는 물론이고, 할머니나 어머니도 할아버지에 대해 이야기하는 걸 한 번도 들은 적이 없었다. 언젠가 어머니에게 물어본 적이 있었다.

"할아버지는 언제 돌아가셨어요? 전 할아버지 얼굴이 기억 안 나요. 왜 빨리 돌아가셨어요?"

어머니는 아무 대답도 하지 않았다. 옆에 있던 할머니는 하늘만 쳐다보았다. 마치 할아버지에 대해 함구령이 내려진 것처럼.

탄은 할머니를 쳐다보았다. 평소에는 침착하다가도 관에서 나온 사람들을 보면 유독 신경을 곤두세우던 까닭을 이제야 알 수 있었다.

아버지의 시간은 그때부터 멈추었던 걸까? 눈을 감아도 눈을 떠도 펼쳐졌을 그날의 처참한 기억에 얼마나 힘들었을까. 세상을 놓아 버리려다 다시 붙잡은 아버지를 생각하니 가슴이 저렸다.

"준이가 자박자박 걸어 다닐 때부터 아버지가 저한테 그랬어요. 준이 잘 돌보라고……. 마치 불쑥 떠날 사람처럼. 그럴 때마다 전 겁이 났어요. 어쩌다 맛난 음식을 먹을 때도 친구들과 떠들며 얘기할 때도 가슴 한쪽이 늘 불안했어요. 아버지는 제게 그런 존재였어요. 불안과 두려움을 주는…….."

탄은 복받쳐 오르는 눈물을 소리 없이 토해 냈다. 보지 않았어도 아버지가 겪은 그날의 상황이 머릿속에 그려졌다. 이방 패거리의 행패를 직접 당하기도 하고, 여기저기서 그들의 패악을 봐온 터라 아버지가 겪었을 잔혹함이 짐작되었다. 탄은 멍하니 하늘만 바라보던 아버지의 얼굴이 떠올랐다. 아버지…….

어디선가 싸움이 시작된 듯 멀리서 총소리가 이따금 울렸다.

"이 늙은이가 할 수 있는 일이라곤 돈 몇 푼 모아 손에 쥐여 주는 것밖에는 없구나."

할머니는 총소리가 들리는 쪽으로 고개를 돌리며 나직하게 말했다.

탄은 만약 자신이 그런 아버지를 두 눈 뜨고 봐야 했다면……, 하고 생각하다 머리를 세차게 흔들었다. 떠올리기조차 싫었다. 그 순간 속에서 뭔가 치밀어 올라 토할 것 같았다.

탄은 서둘러 밖으로 나왔다. 헛구역질을 몇 번 했지만 쓴 물만 올라왔다.

탄은 그 자리에 털썩 주저앉았다. 아, 아버지……. 으흐흑. 내가 할 수 있는 일이 뭐예요? 이제 어떻게 살아가야 해요? 우리 앞날은 있기는 한 건가요? 정말 새로운 세상은 올 수 있나요? 탄은 허공에 대고 닥치는 대로 물었다.

눈 위의 붉은 꽃

탄은 일찍 배를 정박하려고 서둘러 노를 저었다. 아직 손님을 더 태울 수 있는 시간이지만 집이 걱정되었다. 아버지를 잡겠다고 관에서 언제 들이닥칠지 모를뿐더러, 아침에 준이 따라나서는 걸 겨우 떼 놓고 온 게 마음에 걸렸다. 마을 뒷산 쪽에서 총소리가 났다. 탄은 마음이 급해져 빠르게 노를 저었다.

휘리릭, 손목에 감겨 있던 천 조각이 풀리더니 허공으로 날아 갔다. 아, 안 돼. 탄은 손을 뻗어 잡으려다 바다에 빠지고 말았다. 탄은 헤엄쳐 물 위에 떨어진 천 조각을 겨우 잡았다. 지난번에 설홍이 두고 간 손수건이다. 설홍의 체취가 느껴지는 손수건을 손목에 늘 감고 다녔다. 탄은 다시 배에 올라타 노를 저어 나루에 닿았다.

"월정리에서도 패했다고 하네. 이젠 더 갈 곳이 없을 듯해……."

"저쪽보다 우리 농민군 숫자가 훨씬 많아도 결국 안 되는 싸움이었구면."

"정말 큰일이네. 저놈들이 농민군을 잡아들이려고 눈에 불을 켜고 달려들 것인디."

탄은 집으로 오는 길에 마을 사람들이 너나없이 한탄하는 소리를 들었다. 월정리 전투는 조일 연합군이 농민군을 토벌한 게 아니라 농민군이 진을 치고 있다가 조일 연합군에 맞서 싸웠다고 한다. 하지만 조일 연합군의 병력이 양쪽에서 협공하는 바람에 결국 지고 말았다.

탄은 심장이 방망이질 쳤다. 아버지와 설홍이 걱정되었다. 이대로 영영 못 볼 수도 있다는 생각에 눈앞이 캄캄해졌다. 할머니와 준이도 걱정되긴 마찬가지다. 탄은 집을 향해 뛰었다.

마당으로 들어선 탄은 숨을 몰아쉬었다. 할머니는 장독대에서 항아리를 닦고 있었다. 총소리에 겁먹은 채 할머니 옆에 꼼짝 않고 앉아 있던 준이 탄에게 달려들었다.

탄은 할머니를 쳐다보았다. 할머니는 뒤돌아보지도 않고 항아리만 계속 닦았다. 얼마나 닦았던지 항아리에서 반질반질 윤이 났다. 할머니는 불안한 마음을 들키지 않으려고 항아리를 닦아내고 있지만, 탄은 할머니의 마음을 읽을 수 있었다.

"왔냐."

할머니는 돌아보지 않은 채 말했다.

"네."

"그랴……."

더는 아무 말도 없었지만 탄과 할머니는 서로의 마음을 안다.

"타, 탄아……."

진구가 다급한 표정으로 뛰어 들어왔다.

"무슨 일…… 있어?"

탄은 가슴이 쿵 내려앉았다.

"같이 갈 데가 있어."

탄이 더는 묻지 않고 천천히 고개를 끄덕였다.

"형!"

준이 따라가겠다는 듯 탄의 손을 꼭 잡았다.

"방에 들어가 있어. 형 금방 다녀올게."

"싫어."

"다녀와서 놀아 줄게. 알았지?"

탄은 진구와 함께 밖으로 나왔다. 진구는 경계하는 눈빛으로 주위를 살폈다.

"어디 가는데 그래?"

진구가 어쩔 줄 몰라 하는 눈빛으로 탄을 쳐다보았다.

"설홍이가 다쳤대. 많이 안 좋은가 봐. 희성이가 아버지 몰래 약재 가지러 집에 왔다가 나한테 잠깐 들렀었어. 너랑 같이 오래. 시간 없어. 빨리 가야 해."

"어떻게 된 거야?"

"설홍이가 다쳐서 희성이 있는 곳으로 옮겨져서 둘이 만났대. 어떡하냐, 설홍이."

진구가 울먹이며 말했다.

도대체 얼마나 다친 거야. 마음이 급해진 탄이 뛰려고 했다. 진구가 탄의 팔을 잡았다.

"눈에 띄게 행동하지 마. 지금 관군들이 후퇴하는 농민군들 찾아낸다고 혈안이 돼 있어. 잘못했다가는 미행당할 수 있으니 조심하랬어."

탄과 진구는 마음이 급했지만 뛰어가지 못하고 최대한 빠르게 걸었다.

"형!"

탄과 진구는 걸음을 멈추었다. 서로의 얼굴을 쳐다본 뒤 뒤돌아보았다. 준이 서 있었다. 진구와 이야기하며 오느라 뒤따라오는 걸 알아채지 못했다.

"나도 같이 갈 거야."

"너 언제부터 따라온 거야? 집에 있으랬잖아."

탄이 난감한 마음에 화난 투로 말했다.

"탄아, 할 수 없다. 준이도 데려가자."

"뭐?"

"어쩔 수 없잖아. 지금 혼자 돌아가라고 할 수도 없고."

"위험하잖아. 날도 곧 어두워질 텐데."

"어쩌면 잘된 건지도 몰라. 우리끼리 가는 것보다 준이랑 같이 가면 의심을 덜 받을 수도 있어. 요즘 조금이라도 수상해 보이면 다 잡아간대."

탄이 준에게 당부했다.

"그럼 데려갈 테니 절대 형 옆에서 떨어지면 안 돼. 큰 소리 내서도 안 되고. 잘할 수 있지?"

준이 고개를 끄덕끄덕 흔들었다. 탄과 진구는 양쪽에서 준의 손을 잡고 걸었다. 한참 걸어가는데 저 멀리에서 관군이 다가오는 게 보였다. 탄과 진구는 긴장한 표정으로 서로의 얼굴을 쳐다보았다.

"어떡하지?"

진구가 떨면서 말했다. 잠시 머뭇거리던 탄이 준에게 말했다.

"준아, 지금부터 형 말 잘 들어."

준이 눈을 크게 뜨고 형을 쳐다보았다.

"희성이 형이랑 약방놀이 해 봤지?"

준이 고개를 끄덕였다.

"지금부터 형이랑 약방놀이 하는 거야."

"정말?"

탄은 동생과 약방놀이를 한 적이 없었다. 그렇게 졸라도 해 주지 않던 형이 약방놀이를 하자고 하니 준은 기분이 좋아졌다.

"응, 그러니까 잘 들어. 넌 환자야. 그래서 내가 업고 갈 거야. 누가 말을 하거나 만지면 아주 많이 아픈 척해야 해. 너는 환자니까. 알았지?"

"응, 잘할 수 있어. 희성이 형이랑 많이 해 봤어."

저쪽에서 관군이 다가오자 탄은 얼른 준을 업었다.

"너희들 뭐야?"

관군이 다가와 세 사람을 번갈아 쳐다보았다.

"동생이 아파서 약방에 가는 길입니다."

탄이 말하자 진구도 옆에서 준을 살피는 시늉을 했다. 관군이 준의 얼굴을 살피려 하자 준이 신음 소리를 냈다.

"아야, 아파…… 형."

"그만 가 봐."

의심쩍은 눈으로 살피던 관군은 준의 신음 소리에 가던 방향으로 가 버렸다. 탄과 진구는 안도의 한숨을 내쉬었다.

"형, 나 잘했어? 진구 형, 나 진짜 아픈 사람 같았지?"

탄이 준을 내려놓자 준이 눈을 동그랗게 뜨고는 탄과 진구를 번갈아 보며 물었다.

"응, 아주 잘했어."

진구가 준의 머리를 쓰다듬어 주었다.

세 사람은 다시 서둘러 걸었다.

"장소는 정확히 알아?"

탄은 간간이 들려오는 총소리에 마음이 급해졌다.

"대충 알려 주긴 했는데…… 일단 가 보자."

진구가 앞장서 가고, 그 뒤를 탄과 준이 따라갔다. 준이 힘들어하자 탄이 다시 업었다. 찬바람에 얼굴은 시린데, 이마에는 송골송골 땀이 맺혔다.

뒷산 중턱 인적이 드문 길로 막 들어설 때였다. 부스럭거리는 소리가 났다. 진구가 걸음을 멈추며 한쪽 팔로 가로막자 뒤따라가던 탄이 멈추었다. 숨죽이며 귀를 기울였다. 저쪽에서도 무슨 소리를 들었는지 움직임을 멈춘 듯 조용했다. 그때 탄의 등에 업혀 있던 준이 적막을 깨며 말했다.

"형, 나 추워."

조용한 산속에 준의 목소리가 퍼져 나갔다. 탄과 진구는 아찔한 표정을 지었다. 다리가 후들거려 꼼짝할 수도 없었다.

"준이? 혹시 탄이니?"

저쪽에서 먼저 조심스럽게 물었다. 희성이가 맞는 거지? 하는 표정으로 진구가 탄을 쳐다보았다. 탄이 고개를 끄덕였다.

"희성아!"

진구가 작지만 반가운 투로 불렀다. 양쪽은 서둘러 서로에게 다가갔다. 마른 잎 부스럭거리는 소리가 크게 들렸다. 희미한 저녁 어스름 속에서 서로의 얼굴을 확인했다. 설홍을 업고, 작은 보따리를 어깨에 멘 희성은 숨을 헐떡였다.

"어떻게 된 거야? 지금 네가 말해 준 곳으로 가고 있었는데."

진구가 놀란 표정으로 물었다.

"누가 밀고했나 봐. 곧 덮친다고 해서 다들 흩어져 피신하는 길이야."

희성이 주위를 살핀 뒤 말을 이었다.

"빨리 가자. 설홍이 상태가 안 좋아. 이대로 더 있으면 안 돼."

"근데 어디로 가?"

진구가 물었다.

"넙적바우로 가자."

"넙적바우?"

"우리가 갈 데가 거기 말고 어디 있겠어? 여기서 가장 가깝고 잠깐 숨어 있기엔 적당한 곳이잖아."

탄이 고개를 끄덕였다. 희성의 말이 맞다. 날이 춥긴 하지만 지금 마을로 내려가는 건 위험하다. 탄은 걸어가면서 설홍의 얼굴을 자주 쳐다보았다. 얼굴빛이 창백한 게 의식의 끈을 간신히 붙들고 있는 듯 보였다. 탄은 설홍이 이대로 의식을 놓아 버릴까 봐 조마조마했다. 설홍아, 제발 힘내. 이제부터 네 말은 무조건 다 들을게. 설홍의 뺨이 희성의 걸음을 따라 흔들거렸다.

넙적바우 앞에 도착하자마자 진구가 우거진 잡목을 치웠다. 희성은 설홍을 등에서 내리지 않고 그대로 서 있었다. 탄은 잠든 준을 안쪽에 눕히고 희성을 바라보았다.

"왜 그러고 있어?"

희성의 목울대가 쿨렁거렸다.

"희성아……."

희성을 바라보던 탄의 얼굴이 굳어졌다. 진구도 얼어붙은 표정으로 희성을 쳐다보았다.

"설홍이…… 설홍이가 이상해……."

흙빛이 된 탄과 진구는 붙박이처럼 선 채 아무 말도 하지 못했다.

"그럴 리 없어. 이렇게 가 버릴 리가 없잖아."

탄이 겨우 입을 떼 말했다. 그러고는 떨리는 손으로 희성의 등에서 설홍을 받아 바닥에 눕혔다. 축 처진 몸은 더 이상 숨을 쉬지 않았다. 믿기지 않는 표정으로 조심히 흔들어 보던 탄은 안절부절못했다. 이윽고 설홍의 몸을 마구 흔들어 댔다.

"일어나. 눈 좀 떠 봐. 나 아직 할 말이 많은데……. 설홍아, 제발 잠깐이라도 눈 좀 떠 봐……."

탄은 설홍의 팔다리를 주무르며 애원했다. 진구가 그 자리에 털썩 주저앉았다. 설홍의 맥을 짚던 희성이 절망스러운 표정을 짓자 탄이 희성의 멱살을 거머쥐며 소리쳤다.

"너 뭐 했냐? 설홍이가 죽도록 너는 뭐 했냐고! 차라리 너희 집으로 데려갔으면 무슨 방도를 구했을 거 아냐!"

"탄아, 희성이한테 그러지 마. 설홍이가 총을 두 방이나 맞았

대. 피를 너무 많이 흘렸어. 희성이네 약방은 관졸들이 지키고 있어. 혹시라도 부상병이 오면 잡으려고."

탄은 희성의 멱살을 잡았던 손을 거두었다.

"짐작은 했지만 이렇게 가 버릴 줄은……. 마지막으로 너희들 얼굴이라도 보고 갔으면 좋았을 텐데……."

희성은 얼굴을 무릎에 파묻고 울었다.

탄은 설홍의 얼굴을 물끄러미 쳐다보았다. 희미한 숨소리를 들었던 게 설홍의 마지막 체온이었다니 탄은 믿기지 않았다. 아직 온기가 남아 있는 설홍의 얼굴은 편안해 보였다. 그 얼굴을 보고 있자니 그동안 보여 준 모습들이 하나씩 떠올랐다. 아무리 남자애처럼 굴어도 언뜻언뜻 보이던 여린 소녀의 얼굴이, 야무진 표정으로 무예를 익히던 모습이, 할머니한테 구박받고 퉁퉁 부어터진 얼굴로 씩씩대던 모습이, 얘기하다 환하게 웃던 표정이 연이어 떠올랐다.

"결국 이렇게 실패하고 말 걸 아까운 목숨들만 잃었어."

형에 이어 설홍의 죽음까지 보게 된 진구가 잔뜩 속상한 얼굴로 말했다.

"그렇게 말하지 마. 그건 죽은 사람들을 모욕하는 거야."

희성은 진구를 똑바로 쳐다보며 이야기했다. 얼굴은 눈물범벅이지만 눈빛은 강렬했다.

"비록 지긴 했어도 우리가 바라는 새 세상은 좀 더 가까이 다가왔어. 농민들 봉기가 없었다면 벼슬아치들의 포악은 더 심했을 거야. 그러니까 헛된 죽음이라고 함부로 말하지 마."

희성은 다친 사람들을 치료하던 움막에서 농민군들과 나누었던 대화가 떠올랐다.

"아저씨 조금만 참으세요. 피는 곧 지혈될 겁니다."

희성이 다친 농민군의 팔에 조뱅이 가루를 뿌려 주면서 말했다.

"무슨 약재냐?"

"피를 멎게 하고, 염증도 가라앉혀 주는 조뱅이라는 약초를 말린 거예요."

"그럼 이놈의 세상 곪은 데도 뿌려 줘라."

"네?"

"이 약초 가루를 발라 썩어 문드러진 이 세상도 낫는다면 참말로 좋겠구나."

그러자 옆에 있던 농민군이 분한 듯 벽을 치며 말했다.

"왜놈들 몰아내지 못한 게 원통하당께. 조선은 우리 의병들이 약초여. 계속 일어나서 바르고 또 바르면 제 잇속만 챙기는 양반들 도려지고 분명 새살이 돋을 것이여."

"나 다친 사람들 치료하면서 알았어."

탄과 진구는 희성을 바라보았다.

"몸은 다쳐서 움막에 와 있지만 그들의 눈빛은 다시 전쟁터로 가 있었어. 이길 승산이 없다는 걸 알면서도 포기하지 말자며 서로 다독이더라. 자식들은 다른 세상에서 살게 해야 하지 않겠냐면서. 그 모습 보면서 이 싸움은 이미 이겼다고 생각했어. 이렇게 들고일어난 자체가 이긴 싸움이라고 말이야."

희성은 보따리를 풀어 하얀 천을 꺼냈다. 설홍의 얼굴에 묻은 피 얼룩을 닦아 주었다. 탄은 자기 저고리를 벗어 설홍에게 덮어 주었다. 다들 말없이 설홍 옆을 지켜 주었다. 한쪽에서 잠이 든 준의 숨소리만 들렸다.

새벽이 오려는지 실핏줄 같은 붉은 자락 하나가 서서히 나타나기 시작했다.

"동터 오기 전에 설홍이⋯⋯ 묻어 줘야지."

탄은 적당한 곳을 찾기 위해 넙적바우 주변을 둘러보았다.

"그런데 설홍이 어머니한테는 어떻게 말하지?"

진구가 걱정스러운 얼굴로 말했다.

"지금은 방법이 없어. 마을 상황도 안 좋고⋯⋯ 나중에 알려 드리자."

희성의 말에 탄도 진구도 수긍했다.

"저쪽 어때? 우리가 자주 왔던 이곳에 묻어 주면 설홍이도 덜 외로울 거야."

탄이 한쪽을 가리키며 말했다. 마을이 가장 잘 내려다보이는 곳이었다. 탄은 설홍과 함께한 시간들이 그리운 듯 아련한 눈빛이었다.

세 사람은 설홍을 옮겨 와 눕혔다. 탄이 자기 손목에 감겨 있던 손수건을 풀어 설홍의 손목에 감아 주었다. 친구들은 설홍을 바라보며 눈빛으로 마지막 인사를 건넸다.

"설홍이 춥겠다. 추위를 많이 타니까 두껍게 덮어 주자."

희성의 말에 탄과 진구는 고개를 끄덕였다. 친구들은 주변에 있는 마른 나뭇잎을 긁어모아 덮어 주었다. 그런 뒤 잔돌들을 흐트러지지 않게 차곡차곡 쌓았다. 그때 진구가 푹 주저앉으며 흐느꼈다.

"왜, 왜 우리가……."

희성이 진구의 어깨를 다독였다.

"많이 힘들지? 형도 묻었는데 친구까지……."

진구의 어깨가 심하게 들썩였다.

눈송이가 하나둘 날렸다. 작은 눈송이가 내리기 시작하더니 점점 왕방울만 한 눈송이로 변했다. 설홍의 무덤이 순식간에 하얗게 덮였다.

희성이 판판한 나뭇조각을 주워 왔다. 보따리에서 날카로운 의료 기구를 꺼내 설홍의 이름을 조각한 뒤 무덤에 꽂았다.

"자기 이름처럼 눈 속에 핀 꽃이 됐네……."

눈시울이 붉어진 탄이 허공에 대고 속삭였다. 그때 잠에서 깬 준이 다가왔다.

"누구 묘야?"

희성이 준에게 눈을 맞추며 말했다.

"설홍이 누나 묘야."

"설홍이 형, 아니 누나 죽었어?"

준이 놀란 듯 눈을 동그랗게 떴다. 희성이 고개를 천천히 끄덕였다. 준은 눈물을 뚝뚝 흘렸다.

"무술 가르쳐 준다고 해 놓고는……. 그럼 이제 누나는 하늘로 가서 별이 되는 거야?"

준이 눈물을 흘리면서 탄을 쳐다보았다.

"응, 누나는 반짝반짝 빛나는 별이 될 거야. 설홍이한테 한마디씩 해 주고 내려가자."

탄의 말에 진구가 먼저 운을 뗐다.

"넙적바우에서 꼭 다시 만나자더니 이런 식으로 만날 줄은 몰랐네……. 설홍아, 넌 누구보다도 멋진 사람이야. 너와 함께했던 모든 시간들이 소중하게 남을 거야. 이제 편히 쉬어."

희성이 눈물을 닦으며 말했다.

"인마, 라고 불러 주는 거 좋아했지? 인마, 네가 아무리 머슴애처럼 행동해도 넌 참 예뻤어. 설홍아……."

탄의 차례가 오자 탄은 심호흡을 크게 한 번 했다.

"어떻게 해야 네가 바라는 세상이 오는지 아직도 잘 모르겠지만 노력할게. 내가 할 수 있는 방법을 찾아볼게……."

희성은 예상치 못한 말에 탄을 바라보았다. 탄은 쑥스러운 듯 헛기침을 두어 번 한 뒤 말했다.

"다 한마디씩 한 거 같으니 내려가자."

"난 아직 안 했는데?"

준이 자기만 빼놓자 뾰로통한 표정을 지었다.

"아 참, 우리 준이가 빠졌네. 그래 준이도 한마디 해야지?"

준이 마른 잎 하나를 무덤 위에 올려놓으면서 말했다.

"누난 별이 될 거니까 하늘에서 언제나 나 볼 거잖아. 내가 밤에 마당에 오줌 누는 거 봐도 아무한테도 말하지 마. 알았지?"

준의 말에 모두 울컥한 듯 먹먹한 표정으로 서 있었다. 눈송이가 펄펄 내렸다.

"진구야, 먼저 내려가. 가면서 준이 좀 집에 바래다줄래? 탄이하고 할 얘기가 있어서……."

진구는 무슨 일인지 물어보려다 그만두고 고개를 끄덕였다. 진구가 준을 데리고 산 아래로 내려가자 탄이 희성에게 물었다.

"왜 그러는데?"

희성은 안주머니에서 피리를 꺼내 탄에게 내밀었다.

"설홍이 피리야. 편지도 있어."

"뭐?"

"설홍이가 너한테 주라고 했어. 총 맞아서 정신없는 와중에 그걸 꺼내 나한테 주더라."

희성은 설홍과 마지막으로 나눈 대화를 들려주었다.

"이대로 죽는 거겠지? 총알이 두 개나 박혔는데 살 리 없잖아."

설홍은 애써 웃어 보이며 옷 속에서 피리를 꺼냈다.

"이거 탄이한테 전해 줄래?"

"네가 아끼는 피리 아냐? 이걸 왜……."

설홍은 고통스러운지 얼굴을 찡그리면서도 미소를 지었다.

"탄이 좋아해. 몰랐냐? 혹시 너 좋아하는 줄 안 거 아냐?"

"지금 농담이 나와? 힘드니까 더 말하지 마. 그리고 너희 둘 서로 좋아하는 거 나도 알아. 그걸 꼭 말을 해야 아냐?"

희성은 손으로 지혈하면서 말했다.

"지금 말 안 하면 시간이 없잖아……. 그리고 이것도 전해 줘."

설홍은 주머니에서 편지를 꺼냈다. 설홍은 거칠게 숨을 몰아쉬더니 힘겹게 말을 이었다.

"너희들 모두 고마웠어. 함께한 시간들 행복했어……."

설홍은 까무룩 의식을 잃었다.

희성의 이야기를 듣던 탄은 눈이 벌게졌다. 받아든 편지와 피리를 꽉 쥐었다.

"나 먼저 간다. 다시 연락하자."

희성은 탄에게 설홍과 둘만의 시간을 주고 싶어 먼저 내려갔다. 탄은 설홍의 무덤 앞에서 한참을 서 있었다. 자기가 좋아하는 걸 설홍이 눈치챘을 거란 생각은 했지만 늘 툴툴거리기만 하는 설홍의 마음은 알 수 없었다. 탄은 설홍이 자기를 좋아했다니 믿기지 않았다. 손에 든 피리를 지그시 쳐다보던 탄은 설홍이 피리를 불며 한 말이 떠올랐다.

"피리 소리는 꼭 누군가를 부르는 것 같지 않아? 들으면 그쪽으로 가 보고 싶은 마음이 들지 않아?"

설홍은 피리를 탄의 얼굴 가까이에 대면서 불었다.

"야, 내가 뱀이냐?"

탄이 툭 던진 말에 설홍은 얼굴이 울그락불그락하더니 탄을 째려보았다.

탄은 설홍이 그때 자기에게 마음을 전한 것이라고 생각했다. 탄은 피리를 천천히 쓰다듬었다. 설홍이 늘 만지며 불었던 피리다……. 나뭇가지에 쌓인 눈 뭉치가 탄의 머리로 툭 떨어졌다. 마치 그걸 이제야 알았냐고 쥐어박는 것처럼.

탄은 편지를 펼쳐 들었다. 또박또박 적은 설홍의 글씨가 탄을 바라보는 듯했다.

탄에게.

네 편지를 전해 받은 날, 한숨도 잘 수 없었어. 읽고 또 읽고 하느라…….

이 편지가 언제 너에게 전해질지 모르지만 상황이 어떻게 될지 몰라 미리 적어 두는 거야. 저번에 찾아갔을 때 네 편지 잘 받았다는 얘기도 못 하고 왔더라. 그날 분위기 별로 안 좋았잖아.

그리고 내가 바보냐? 나 떠나던 날, 네가 나무 뒤에서 보고 있었던 거 알았지만 뒤돌아볼 수 없었어. 마음 약해질까 봐.

전에 다 못 들은 콩이 이야기는 꼭 마저 듣고 싶어. 콩이가 왜 섬이 됐는지 정말 궁금하거든.

별을 보며 네가 지은 이야기를 듣던 시간들은 내게 가장 즐겁고 행복한 시간이었어. 다시 그런 시간을 가질 수 있을까? 새로운 세상에서 마음껏 꿈을 펼치면서 말이야.

탄아, 내 옆에서 같이 이야기하고 밥을 먹던 사람들이 팔다리가 잘리고 피를 토하며 죽는 걸 봤어. 처음엔 정신이 하나도 없었어. 그러다가 화가 나고 오기가 나서 미치겠더라.

임금이 나라를 안 지키면 백성이 지켜야지. 신하들이 자기 잇속 차리느라 나라를 안 지키면 우리 백성이 지켜야지…….

탄아, 우린 모두 자기 처지에서 할 수 있는 방법으로 지켜야 할 것들을 지켜 내고 있다고 생각해. 너도 그렇게 생각해 주면 좋겠어.

지난번에 내 부탁 안 들어준 거 충분히 이해해. 그러니 마음 쓰지 마.

넌 꼭 멋진 이야기꾼이 될 거야. 그리고 나 너 좋아해. 평생 함께하고 싶을 만큼…….

너의 친구 설홍이가.

설홍아……. 탄은 편지를 가슴에 꽉 안았다. 하염없이 눈물이 흘러내렸다. 심장이 터질 것 같아 가만히 있을 수가 없었다. 탄은 눈물을 훔치며 뛰기 시작했다. 안타깝고 서럽고 보고 싶은 마음이 요동쳤다. 한참을 뛰어가다 보니 집으로 가는 길이 아니었다. 탄은 멈춰 서서 주위를 둘러보았다. 집 반대쪽으로 잘못 든 게 분명했다. 방향을 틀어 가려던 탄은 이상한 냄새를 맡았다. 가까운 곳에서 나고 있었다.

"윽!"

주변을 둘러보던 탄은 그 자리에 얼어붙고 말았다. 온몸이 떨려 왔다. 시체들이었다. 의병들의 시체가 한 무더기 있었다. 어른들 틈에 자기 또래 소년도 몇 보이고, 설홍처럼 여자 의병도 있었다. 아기를 업은 채 쓰러져 있는 아주머니도 보였다. 어쩌면 가족을 찾으러 여기까지 왔다가 총에 맞은 것인지도 모른다.

탄은 그 자리에 쭈그리고 앉아 토하기 시작했다. 몸 안에 있는 것을 죄다 토해 내듯 한참을 뱉어 냈다. 나중에는 쓴 물이 올라왔다. 탄은 픽픽 울기 시작했다. 그동안 참고 참았던 울음을 다 쏟아 냈다. 탄은 울음에 체하기라도 한 듯 가슴을 쳐 댔다. 사사삭, 쉭. 마른 잎들이 탄을 따라 울 듯 소리를 내며 뒹굴었다.

한참을 앉아 있던 탄은 천천히 일어났다. 이 사람들이 무슨 죄를 지었다고……. 탄은 어머니 등에 업힌 채로 죽은 아이를 쳐다보다가 자기 목에 두른 천 목도리를 벗었다. 아이의 얼굴을 목도리로 덮어 주었다.

"많이 춥……."

탄은 더는 말을 잇지 못했다. 집을 향해 걷는데 다리가 천근만
근 무거웠다. 아, 아버지……! 어쩌면 아버지의 시신도 저런 시체
더미 속에 있을지도 모른다고 생각하니 부르르 몸서리가 났다.
누군가 자기 등을 떠미는 것 같기도 하고, 잡아당기는 것 같기도
한 현기증이 일었다.

탄은 휘청휘청 집을 향해 걸었다.

달이 된 소년들

"무슨 일인데?"

탄이 진구를 자기 집 창고로 불렀다. 진구는 불안하면서도 몹시 궁금한 표정으로 탄에게 물었다. 탄은 밖을 살피며 문을 단단히 잠갔다.

"희성이는? 희성이는 안 와?"

"지금 숨어 있어. 다친 농민군 치료해 줬다고 관군들이 잡으러 다녀. 우리 집에도 찾으러 왔다 갔어."

"큰일이네……. 희성이 어떻게 하지?"

진구가 목소리를 낮추며 말했다.

"어젯밤에 희성이 만났어."

"정말?"

진구는 눈을 동그랗게 뜨고는 탄을 바라보았다.

희성은 약재가 떨어져 집에 가지러 오는 길에 자기 집으로 쳐들어가는 토벌대를 보았다. 얼른 몸을 숨겨 들키지는 않았지만 그대로 도망쳐야 했다. 산으로 가 숨어 있다가 한밤중에 몰래 내려와 탄을 찾아왔다. 탄은 희성을 창고로 데리고 갔다.

"너 잡는다고 우리 집에도 왔었어. 지금 어디서 오는 거야?"

희성은 쓴웃음을 지으며 눈시울이 붉어졌다.

"이 넓은 세상에 내 몸 하나 갈 곳 없더라……."

말하고 나서 희성은 피식 웃었다.

"근데 말이야. 거기 누워 있으니 세상 전부가 내 집 같더라."

탄은 잔뜩 속상한 얼굴로 친구의 표정을 살폈다. 많이 힘들고 외로운 눈빛이었다.

"너 혹시……."

"그래, 넙적바우에 있었어. 정말 거기는 우리들의 안식처인 것 같아. 혼자 있어도 너희들의 온기가 느껴졌어."

"뭐 좀 먹었어?"

희성은 대답 대신 고개를 가로저었다.

"물어보는 내가 바보다. 거기서 뭘 먹었겠어. 잠깐만 기다려."

탄은 조심스럽게 창고 문을 열고 나갔다. 부엌에 들어가 눈에 보이는 대로 먹을 것을 챙겨 나왔다. 그래 봐야 나물과 보리밥 한 덩이가 전부였다. 탄은 넙적바우 밑에서 아무것도 못 먹고 혼자 숨어 있었을 희성을 생각하니 마음이 아팠다.

"얼른 먹어."

희성은 음식을 받더니 허겁지겁 먹기 시작했다.

"근데 앞으로 어떡할 거야. 계속 거기 있을 수는 없잖아. 우리 집도 위험하긴 마찬가지고……."

정신없이 먹고만 있는 희성을 바라보던 탄은 희성 앞으로 바투 다가앉았다.

"희성아!"

희성은 밥을 씹으면서 탄을 쳐다보았다.

"저번에 설홍이가 숨길 사람 있다고, 배를 태워 달라고 했어."

희성이 진지한 표정으로 탄을 바라보았다.

"배 타고 가면 안전하게 숨어 있을 데가 있기는 한 거야?"

"농민군들이 얘기하는 거 들었는데, 작은 섬으로 들어가면 여기보다는 훨씬 안전한가 봐. 근데……."

"근데 뭐?"

"일본 군함도 들어와 있다는데 그놈들이 그런 데까지 쫓아와 찾아내지 않을까?"

"그건 걱정 안 해도 될 거 같아. 여기 바다는 큰 군함이 정박할 수 있는 시설이 없어서 작은 섬에 쉽게 접근할 수 없을 거야."

"그런데 그건 왜?"

"가자. 너 이대로는 못 두겠어."

희성은 탄을 뚫어지게 쳐다보았다. 그냥 해 보는 말이 아닌 게 분명했다.

"잘못되면 너까지 힘들어질 수 있어."

"알아. 그러니까 성공해야지. 난 아직도 세상이 어떻게 돌아가고 있는지 잘 모르겠어. 하지만 나한테 소중한 사람들은 내 손으로 지킬 거야."

희성은 탄의 손을 잡았다.

"정말 괜찮겠어?"

탄은 희성의 손을 꽉 쥐며 고개를 끄덕였다.

"고맙다, 탄아……."

"너만 조선 백성이냐? 나도 조선 백성이야."

탄은 멋쩍게 웃으면서 말했다.

"숨어 있는 동안 의술 공부 제대로 해 볼 테야. 사람들의 몸만 아니라 마음의 병까지 치료해 주는 의원이 되고 싶어."

탄은 희성을 보며 예전의 희성이 아니라고 생각했다. 생각도 깊어지고 내공도 세졌다.

"왜? 내가 좀 멋있는 말을 했나?"

희성이 웃으면서 말했다.

"이 와중에 웃음이 나오냐? 근데 너 멋있긴 하다."

탄의 말에 희성은 피식 웃었다. 탄은 희성을 보면서 속으로 다짐했다.

그래, 우리 각자 할 수 있는 방법으로 뭐든 해 보자. 나라의 주인이 백성이라며. 그럼 주인인 백성이 지켜야지. 설홍이나 너처럼, 가족을 떠나서라도 나설 수밖에 없었던 우리 아버지처럼, 우리 아버지의 아버지처럼, 차가운 들녘에서 싸늘한 주검으로 누워 있는 많은 의병들처럼…… 나도 내가 할 수 있는 일을 해 나갈게.

"그럼 우리 어떻게 해야 해?"

진구가 눈물을 글썽이며 물었다.

"희성이랑 내일 밤에 나루에서 만나기로 했어. 넌 나랑 먼저 가서 기다리자. 집에서 뭐든 챙겨 와. 섬에 들어가면 당장 필요한 것들이 있을 거야. 먹을 것은 물론이고."

진구는 고개를 끄덕였다.

"쉿!"

밖에서 나는 기척에 탄은 검지를 입술에 갖다 댔다. 진구는 웅크린 채 숨을 죽였다. 탄이 조용히 일어나 천천히 문 앞으로 다가갔다. 나무판 사이로 눈을 갖다 댔다. 할머니의 뒷모습이 보였다. 할머니는 신발을 벗고 방으로 들어가고 있었다. 측간에 다녀오셨나? 아무튼 안심이다. 탄은 긴장했던 가슴을 쓸어내렸다.

이튿날 아침, 탄은 일찍 일어났다. 장작도 넉넉하게 패고, 보리쌀로 밥도 짓고, 할머니가 아끼는 장독대도 닦았다. 마당도 깔끔하게 쓸어 놓았다. 종일 집안일만 해 대는 형을 지켜보던 준이 말했다.

"형, 아파?"

"뭐? 아프면 내가 이렇게 일을 하겠냐?"

"아니, 마음이 아프냐고. 할머니도 속상하고 마음이 아플 때는 이렇게 막 일하잖아."

탄은 토방에 앉아 있는 준에게 다가가 손을 잡았다.

"준아, 너 형 좋아하지?"

"그걸 여태까지 몰랐어?"

"그럼 형 부탁 하나만 들어줄래?"

"음…… 생각해 보고."

"안 돼. 꼭 들어줘야 해. 좋아하는 사람 부탁은 들어주는 거야."

준이 탄의 얼굴을 빤히 쳐다보더니 고개를 끄덕였다.

"알았어. 형도 나 좋아하니까 나중에 내 부탁 들어줘야 해?"

탄은 웃으면서 준을 안았다.

"오늘은 형이 많이 늦을 거니까 기다린다고 나와 있지 마. 알았지? 자, 약속."

탄은 준에게 새끼손가락을 내밀었다.

"안 오는 거 아니지?"

탄은 준의 볼을 어루만져 주었다.

"꼭 올 거야. 형은 우리 준이 옆에 언제까지나 있을 거니까 걱정하지 마."

준이 고개를 크게 끄덕이며 새끼손가락을 걸어 약속했다.

"좀 어려운 부탁이지만 들어줄게."

"역시 내 동생이야."

탄은 준의 머리를 쓰다듬어 주었다.

날이 어두워지기 전에 탄은 할머니에게 갔다.

"할머니, 저 들어가도 돼요?"

"오냐."

탄은 방 안으로 들어가 앉았다. 할머니는 바느질하던 손을 멈추고 탄을 바라보았다.

"저 오늘……."

말을 꺼내자마자 할머니가 보따리를 내밀었다.

"이게 뭐예요?"

"희성이한테 줘라. 먹을 거 몇 가지랑 옷가지다."

"다 아시고 계셨……."

할머니는 그만 나가 보라는 듯 말이 채 끝나기도 전에 바늘을 다시 집어 들고 꿰매기 시작했다.

어젯밤에 진구와 얘기 나누는 걸 다 들으신 거야. 탄은 보따리를 들고 일어섰다.

"탄아!"

"네."

"아니다. 그만 가 봐라."

탄은 할머니의 흔들리는 눈빛을 보았다. 몸조심하라고 말씀하

시고 싶은 거죠? 그 말을 삼키신 거죠? 걱정하지 마세요. 잘하고 돌아올게요.

탄은 밖으로 나와 나루로 향했다. 약속한 시각은 아직 남았지만 먼저 가서 상황을 살펴보기 위해서였다. 나루에는 사람들이 별로 다니지 않았다. 관군들의 감시가 심해 바깥출입을 삼가는 탓이다.

탄은 배를 이리저리 둘러보며 점검했다. 깊은 밤에 움직이려면 미리 살펴둬야 한다. 혹시라도 물이 새는 곳은 없는지 꼼꼼하게 살폈다. 그리고 난 뒤 탄은 배에 앉아 바다를 바라보았다. 물결이 바람에 따라 움직이며 리듬을 탔다. 탄은 자기도 모르게 고개를 끄덕이며 함께 리듬을 탔다. 설홍이 준 피리를 꺼냈다. 설홍의 손때가 묻은 피리를 한참 동안 바라보다가 입에 갖다 댔다. 천천히 숨을 모아 한번에 불어 넣었다.

삐리리.

피리에서 가는 소리가 났다. 한 번 더 불었다. 이번에는 좀 더 오래 숨을 불어 넣었다. 탄은 길게 뻗어 나가는 소리를 들으며 물결을 바라보았다. 찰랑이며 피리 소리를 저 멀리 실어 나르는 것처럼 보였다.

이 소리 들려? 피리 소리가 꼭 누군가를 부르는 것 같지 않냐고 물었잖아. 내가 이렇게 부르는데 왜 넌 안 오는 거야? 듣고 있기나 한 거야? 피리 위로 탄의 눈물 한 방울이 뚝 떨어졌다. 그때 누군가 뒤에서 불렀다.

"거기!"

탄은 얼른 눈물을 훔치고 뒤돌아보았다. 관군 한 사람이 탄에게 손짓했다. 탄은 배에서 내려 다가갔다.

"사공이야?"

관군은 탄을 위아래로 훑어보며 물었다.

"네."

"혹시 수상한 사람 못 봤어?"

"네?"

"동비 말이야!"

등골에 식은땀이 흘렀다.

"모, 못 봤는데요."

"보게 되면 바로 와서 알려야 한다. 알았어?"

"네, 명심하겠습니다."

탄은 관군이 뒤돌아서 갈 때까지 머리를 숙이고 있었다. 불안해하는 자기 표정을 들킬까 봐 조마조마했다.

탄은 관군이 저 멀리 사라질 때까지 기다리다 서둘러 약속 장소로 갔다. 나루 근처 야트막한 언덕 느티나무 아래서 진구와 만나기로 했다. 오래된 느티나무에 커다란 구멍이 뚫려 있어 물건을 숨기기에 좋았다. 먼저 도착한 탄은 할머니한테 받은 보따리를 구멍에 넣어 두었다. 만약 배를 타기 전에 일이 틀어지면 물건들은 여기에 넣어 두고 각자 흩어지기로 미리 약속해 두었다. 음식이나 옷가지가 들어 있는 보따리를 들고 다니면 의심받기 딱 좋기 때문이다.

바람이 조금 전보다 더 세게 불어왔다. 배를 못 띄울 정도는 아니지만 탄은 걱정이 되었다. 그때 저쪽에서 발소리가 들렸다. 진구일 거라 생각하긴 했지만 만에 하나 아닐 수도 있다. 탄은 몸을 낮추고 숨소리를 죽였다. 조심해서 손해 볼 건 없다. 검은 형체가 가까이 다가왔다. 진구다. 탄은 가슴을 쓸어내렸다.

"올 때 따라오는 사람 없었지?"

"응. 근데 희성이 오려면 멀었나?"

"곧 올 거야."

진구도 꾸러미를 나무 구멍에 넣었다.

"으, 갑자기 바람이 많이 부네? 배 띄울 수 있는 거야?"

"야, 소리 낮춰."

탄이 주위를 살피며 말했다. 진구는 아차 싶었는지 몸을 낮추었다.

탄은 파도치는 바다를 내려다보았다. 이 정도면 갈 수는 있다. 하지만 파도를 잘 타야 한다. 문득 아버지의 말이 떠올랐다. 밤에 노 젓는 법을 가르치면서 했던 말이다.

"파도가 일고 바람이 분다고 겁먹지 마라. 절대로 피하지 마라. 거스르려고도 하지 마라. 가고자 하는 의지가 있다면, 절실함이 있다면 파도와 바람이 방향을 잡아 줄 것이다."

그래, 우리에겐 가야만 하는 절박함이 있다. 의지 또한 있다. 침착하게 하자. 밤에 노 젓는 법을 아버지에게 배워 둔 게 정말 다행이다 싶었다.

"해무가 너무 많이 끼었는데? 앞이 잘 안 보이겠어."

진구가 걱정스러운 표정으로 말했다.

"차라리 잘된 거야."

진구는 그게 무슨 말이냐는 듯 탄을 쳐다보았다.

"어차피 밤에는 잘 안 보여. 그동안 익힌 감에 의지해서 가야 해. 해무 때문에 잘 안 보이면 들킬 염려가 줄어드니 오히려 다행인 거지."

탄의 말을 알아들은 듯 진구가 고개를 끄덕였다. 그때 저쪽에서 부스럭거리는 소리가 났다.

"희성이 왔나 보다."

진구가 앞으로 튀어 나가려 하자 탄이 팔을 잡았다.

"한 명이 아니야. 여러 명 소리야."

진구는 놀란 표정으로 몸을 웅크렸다. 탄은 눈앞이 캄캄했다. 관군이라면 큰일이다. 이럴 때 희성이가 오면 더욱더 큰일이다. 숨소리라도 날까 봐 둘은 고개를 푹 숙였다.

"탄아……."

낮게 자신의 이름을 부르는 소리에 탄은 고개를 들었다. 희미하게 보이는 얼굴이 희성이다. 희성은 혼자가 아니었다. 뒤에 세 명이 더 있었다.

"같이 갈 분들이야……."

가까이 다가온 희성이 세 사람을 가리키며 말했다. 피신해 다니느라 고생한 흔적이 역력했다. 아버지뻘 되는 이도 있었다. 탄은 어떻게 된 거냐고 묻는 표정으로 희성을 쳐다보았다.

"미안해. 나한테 치료받았던 분들인데, 함께 들어가야 해……."

희성은 부탁한다는 눈빛으로 탄을 지그시 바라보았다.

"파도가 일고 해무가 껴서 감시는 덜할 거야. 대신 배가 좀 많이 흔들릴 거야."

혹시라도 뱃멀미하지 않을까 탄은 걱정이 되었다.

"걱정하지 마. 그런 것쯤이야 우리한텐 아무것도 아니야."

희성이 같이 온 세 사람을 쳐다보자 그들도 동의한다는 듯 고개를 끄덕였다. 탄이 주위를 살폈다. 서서히 출발해야 할 시간이 되었다. 다행히 사방은 조용했다.

"너는 여기서 헤어지자."

탄이 진구를 보며 말했다. 진구는 어리둥절한 표정으로 탄을 쳐다보았다.

"배 탈 사람이 늘었잖아. 이대로 다 탔다가는 배가 너무 무거워져 위험해질 수 있어."

탄의 말에 진구는 수긍하면서도 못내 아쉽고 속상했다. 희성을 바래다주고 싶었는데, 이게 마지막일 수도 있다는 생각이 들자 눈물이 핑 돌았다.

"우린 꼭 다시 만날 거야. 이별 인사가 길수록 더 늦게 만난다는 말이 있어. 그러니 빨리 헤어지는 게 좋겠지?"

희성은 애써 웃어 보이며 말했다.

"그럼 배 타는 데까지라도 같이 갈게."

"여럿이 한꺼번에 움직이면 위험하니 서운해도 여기서 갈라지자. 아까 관군도 만났거든."

할 수 없다는 듯 진구가 나무 구멍에서 보따리를 꺼내 희성에게 내밀었다.

"자, 이거 가져가. 집에서 먹을 것 좀 챙겨 왔어."

"고마워."

진구는 저고리 안에서 뭔가를 꺼내 내밀었다.

"이게 뭐야?"

"그동안 짚신 팔아서 모은 돈이야. 형이랑 돈 모아서 제대로 장사하기로 했는데 이젠 형도 없고……."

"그럼 너라도 돈 더 모아서 장사해야지. 그게 네 꿈인데 나한테다 줘 버리면 어떡해."

희성이 손사래를 치며 말하자 진구가 희성의 손에 돈꿰미를 쥐여 주며 말했다.

"내 마음 받아 줘. 나도 함께하고 싶어. 이거 얼마 안 되는 돈이지만 의병들 다시 힘을 키우는 데 도움이 되면 좋겠어. 그리고 꼭 무사히 살아남아 좋은 의원이 돼야 해. 다치고 아픈 사람들에게 힘이 돼 줘. 난 부지런히 돈 벌어서 보탤게. 싸우려면 돈도 필요하잖아. 나 같은 사람도 있어야지 다 싸우기만 하면 어떡해."

희성이 진구를 와락 안았다.

"그래, 정말 고맙다. 훌륭한 의원이 돼서 내 몫을 맡을게."

탄은 희성과 진구에게 다가가 등을 두 팔로 감싸 안았다.

"어린 친구들이 정말 대견하군. 자네들이 있어 이 나라는 아직 희망이 있군."

아버지뻘 되는 의병이 눈시울을 붉히며 말했다. 눈발이 하나둘 날리기 시작했다.

바람 소리와 파도 소리, 노 젓는 소리가 한데 엉켜 길을 열어 주었다. 희성은 밤의 길을 저어 나가는 탄의 모습을 말없이 바라보았다. 탄이 아버지가 모는 배는 몇 번 타 보았지만 탄이 모는 배는 처음 타 본다. 힘껏 밀었다 당기는 솜씨가 제법이었다. 희성은 노를 젓는 탄을 뚫어지게 쳐다보았다. 눈에 새겨 언제든 보고 싶을 때 떠올리기라도 하려는 것처럼. 탄은 희성의 시선을 의식했지만 모른 체했다. 서로 침묵하는 것으로 많은 이야기를 대신하고 있었다.

탄은 하늘을 바라보며 생각했다. 하늘을 보며 서로의 꿈을 이야기하던 깨복쟁이 친구들이 어느덧 자라 각자 자신의 길을 찾아가고 있다. 또한 그 모습들이 서로에게 길이 되어 주고 있다. 마치 밤하늘을 환하게 비추는 달처럼……

해무 속으로 점점 빨려 들어가는 것처럼 탄의 배는 앞으로 나아갔다. 바람이 잦아들고 있었다.

아버지, 아버지는 어찌 되었을까. 탄은 배에 탄 세 명의 의병을 보았다. 혹시 아버지를 알 수 있지 않을까? 여러 곳에서 싸운 분들이니 어쩌면 알 수 있을지도 몰라.

탄은 셋 가운데 아버지뻘 되어 보이는 의병에게 말을 걸었다.

"저……, 제 아버지도 농민군으로 가셨는데 혹시 아실까 해서요. 아버지 성함이 윤 종 자 수 자십니다."

"윤종수 접주?"

의병의 눈이 반짝 빛났다. 그러고는 다른 두 의병을 번갈아 보았다. 아는 눈치였다. 탄은 가슴이 뛰었다. 노를 잡고 있는 두 손에 땀이 났다. 희성도 궁금한 눈빛으로 의병들을 쳐다보았다.

"자네가 윤 접주 아들이라니. 전에 함께 싸운 적이 있어 자네 아버지를 안다네. 이번 전투를 끝으로 많은 접주가 잡혀가 처형당했지만 자네 아버지는 무사하다네. 이쪽으로 오기 전에 들었는데 섬으로 피신했다고 하더군. 어느 섬으로 들어갔는지는 모르지만……"

탄은 안도의 숨을 내쉬었다. 아버지가 살아 있다는 사실만으로도 위안이 되었다.

"자네 아버지와 우리는 살아남을 테니 걱정하지 말게. 살아 있어야 무슨 일이든 다시 할 수 있지 않겠나. 그게 먼저 간 동지들을 위한 일이기도 하고."

탄은 힘차게 노를 저었다. 그러면서도 바람과 파도를 거스르지 않으려고 조심했다. 여러 사람의 목숨이 자신에게 달려 있다는 걸 명심했다.

파도와 노와 탄이 하나가 된 듯했다. 해무가 점점 걷혀 갔다.

약속

섬에 도착하자 의병들이 먼저 배에서 내렸다. 희성이 탄을 지그시 바라보며 말했다.

"바람 따라 물결 따라 서로의 소식을 들을 수 있겠지?"

"그런 말은 너한테 안 어울려. 내가 해야지."

탄은 말해 놓고는 피식 웃었다.

"자, 이거. 할머니가 주신 거야."

탄은 나무 구멍에서 꺼낸 뒤부터 계속 메고 있던 보따리를 풀어 희성에게 내밀었다.

"할머니가?"

"먹을 거랑 옷가지야."

희성의 눈시울이 붉어졌다.

"저분들 기다리게 하지 말고, 얼른 가. 이별 인사가 길면 늦게 만난다며?"

탄이 웃으면서 말했다. 희성도 따라 웃었다.

"참, 희성아!"

"응?"

"너 생각나? 우리 사총사 산에서 활 쏘던 거."

"아, 설홍이 아버지 활 몰래 가져다가 쏜 거?"

사총사가 열두 살 때였다. 무예를 익히던 설홍은 활을 잘 쏘고 싶었다. 어느 날, 설홍이 아버지 활을 몰래 가지고 나와 친구들과 함께 산으로 갔다. 활은 생각보다 무거웠고, 다루기 힘들었다. 화살이 제대로 날아가지 못하고 툭툭 떨어지니 사총사는 오기가 발동했다. 과녁으로 삼은 나무를 향해 손이 부르트도록 쏘고 또 쏘았다. 아침부터 해가 기울도록 연습했다. 화살이 조금씩 더 멀리 나가더니 제대로 꽂히지는 않아도 어쩌다가 한 발씩 나무를 맞히는 데까지는 성공했다. 사총사는 너무 기뻐 환호성을 질렀다.

"설홍아, 이제 내려가자. 너희 아버지가 활 찾으면 어떡해? 아끼시는 거잖아."

탄은 걱정스러운 표정으로 말했다.

"조금만 더 하다 가자. 우리 이번에는 누구 화살이 더 멀리 나가나 시합하자."

설홍의 제안에 응한 친구들은 각자 표시한 화살을 쏘았다. 핑,

핑, 핑, 핑. 네 개의 화살이 날아갔다. 사총사는 앞다투어 화살이 어디로 떨어졌는지 찾기 시작했다. 그런데 설홍과 진구가 쏜 화살은 찾았는데, 탄과 희성의 화살은 아무리 찾아봐도 없었다. 떨어질 만한 곳을 샅샅이 뒤졌는데도 찾을 수가 없었다.

"어떡해, 아버지가 화살이 두 개나 없어진 거 알면 혼낼 텐데."

설홍은 안절부절못했다. 걱정스러운 마음에 더 찾아보고 싶었지만 날이 어두워져 내려와야 했다. 할 수 없이 내려온 사총사는 그날 이후 며칠 더 찾아보았지만 결국 화살을 찾지 못했다.

"근데 그게 왜?"

희성은 뜬금없이 그 얘기는 왜 하냐는 표정으로 물었다.

"그날 우리 화살 못 찾았잖아."

"그랬지."

"난 그 화살들이 아직도 날아가고 있을 것만 같아."

"무슨 뚱딴지같은 소리야?"

"지금 우리처럼 말이야. 각자 과녁은 정해진 거 같으니 날아가 보자. 가다 길을 벗어날 수도 있겠지만 말이야."

희성은 탄을 한참이나 바라보다가 탄의 손을 잡으며 말했다.

"그래, 우리 한번 날아가 보자."

"희성아, 나랑 약속하자."

"무슨 약속?"

탄은 주머니에서 피리를 꺼내 희성에게 보여 주었다.

"우리 대나무로 이런 악기만 만들게 하자. 죽창 말고……."

희성은 눈물이 핑 돌았다. 눈물을 삼키며 고개를 끄덕였다. 배에서 내린 희성은 뒤도 돌아보지 않고 뛰어갔다. 그러더니 이내 어둠 속으로 사라졌다.

탄은 천천히 뱃머리를 돌렸다. 해무가 걷힌 바다에 달이 얼굴을 내밀었다. 흩날리는 눈발이 달빛에 반짝였다. 바람이 세차게 불어오자 바다 위로 떨어지던 눈들이 다시 솟구쳐 하늘로 올랐다. 그 모습을 넋 놓고 바라보던 탄은 생각했다. 바닥을 치며 다시 솟구쳐 오르는 저 눈발처럼 힘을 내 일어설 수 있을까? 아니, 꼭 일어서야 해. 할머니와 준이, 아버지, 친구들, 이름 없이 죽은 수많은 의병과 이유 없이 죽어 간 백성들을 위해…….

달빛 물든 바다 위에 환한 빛줄기가 탄의 어깨 위로 내려앉았다. 어머니……. 탄은 자신도 모르게 어머니를 불렀다. 마치 어머니가 수고했다고 어깨를 토닥이는 것 같았다. 탄은 어머니 손을 만지듯 달빛이 내려앉은 자신의 어깨를 어루만졌다. 따스했다.

노를 저어 가던 탄은 출렁이는 물결에 눈길이 멈추었다. 배를 밀고 나가는 물결……. 물이 배를 이끌어 가듯 백성이 나라를 이끌어 간다고 한 아버지 말이 떠올랐다. 서로의 등을 밀며 앞으로 나아가는 물결 하나하나가 살아 꿈틀대는 것 같았다. 물결을 따라 배는 조금씩 앞으로 나아갔다.

아버지…… 기다릴게요. 아버지가 돌아오는 날, 모락모락 밥 짓는 냄새가 아버지를 반길 거예요. 훌쩍 큰 준이도, 애타게 아들을 기다리는 할머니도 건강하게 계실 테니 마음 놓으세요. 제가 그렇게 해 놓을 테니…….

탄은 고개를 들어 하늘을 보았다. 달 옆에 별이 나와 탄을 내려다보고 있었다. 유난히 반짝이는 별을 보며 탄은 나직이 설홍의 이름을 불렀다. 피리를 선물로 받았으니 나도 선물해야지. 설홍아, 콩이가 어떻게 섬이 되었는지 뒷이야기 듣고 싶다고 했지? 내가 들려줄게.

탄은 노를 저으며 설홍이 앞에 앉아 있는 것처럼 이야기를 시작했다.

콩은 만약 자신이 사람으로 다시 돌아간다면 낫고 있는 아기 동박새의 병이 악화될 수도 있다고 생각하니 혼란스러웠다.

그때 왕머루 한 마리가 눈앞으로 휙 지나갔다. 검은다리실베짱이 한 마리도 가슴께로 날아와 한 바퀴 돌며 노래를 불렀다. 나뭇가지 위에 앉아 있던 휘파람새와 종달새들이 푸드덕 날아올랐다. 다람쥐 한 마리가 재빠르게 나무 구멍 속으로 들어갔다.

콩이는 알아 버렸다. 이미 여러 생명체가 자신의 품 안으로 들어와 살고 있다는 걸. 자기 몸이 하나의 작은 세계가 되어 있다는 걸. 콩은 두려운 마음이 들었다. 자기가 이대로 바다를 건너간다면 이 많은 생명이 살 곳을 잃고 헤매다 죽을 것이다.

한참을 고민하던 콩은 결국 바다 한가운데서 멈춰 서고 말았다. 그러자 여러 생명체가 달리고 날고 울어 대며 살아가는 소리가 넓은 바다 위로 퍼져 나갔다. 콩은 생각했다.

내가 잘한 건지는 모르겠어. 하지만 내 안에 이렇게 많은 생명체를 품을 수 있다는 건 정말 멋진 일이야. 내 몸이 하나의 세상이 되었어. 그러니 나는 꿈을 포기한 게 아니야. 앞으로 내 안에서 어떤 일이 벌어질지 모르지만 하나하나 해결해 나가면서 아름다운 세상으로 만들어 갈 테야.

설홍아, 어때? 이야기 마무리 마음에 들어? 우리가 바라는 새 세상은 결국 우리가 만들어 가야 할 것 같아. 어떻게 만들어야 할지는 아직 잘 모르지만 열심히 살면서 최선을 다하고 싶어. 지켜봐 줘. 그리고 우리 이야기를 꼭 쓸 거야. 오십 년 뒤, 백 년 뒤에 또 다른 우리가 읽을 수 있도록……. 그때의 세상은 지금 같지는 않겠지? 훨씬 행복하고 평화로운 세상이 되어 있겠지? 그때도 백성들이 나라를 지키고 있을 것 같기는 하지만 말이야.

탄은 멋쩍은 듯 픽 웃었다. 그러자 답이라도 하듯 별이 반짝였다. 기운을 낸 탄은 준이와 할머니가 있는 집을 향해 더욱 힘차게 노를 저었다.

작가의 말

천 개의 달이 된
아이들의 이야기

유구한 반만년의 역사를 지닌 우리나라는, 시대의 전환을 맞을 때마다 큰 희생과 아픔을 치러 낸 사건들이 있었습니다. 그 사건의 골짜기마다 희생한 이들이 흘린 피와 그 피로 피어난 꽃들이 역사의 기록으로 남아 우리에게 전해지고 있습니다.

그런 역사적 사건들 속에서 나라를 위해 앞장선 많은 영웅이 태어났고, 우리는 기록이나 문학 작품들을 통해 그들을 만나 왔습니다. 그런데 지금의 우리나라는 그런 영웅들에 의해서만 지켜진 게 아닙니다. 그 영웅들 곁에서 함께 싸우고 이름 없이 죽어간 수많은 이가 있었습니다. 특히 그 가운데 살기 좋은 세상을 만들기 위해 제 몫을 당당히 해내며 싸운 청소년들이 있었습니다. 그들은 자신의 처지와 자리에서 가질 만한 고민을 했고, 스스로 길을 찾아 자신만의 목소리와 행동으로 세상에 멋지게 보여 주었습니다. 그 모습은 용감했고, 시리도록 아름다웠습니다.

어른들과 함께 시대의 짐을 함께 지고 건너온, 그런 건강한 청소년들의 이야기를 작품을 통해 보여 주고 싶었습니다.

전환의 시대를 건너 지금의 세상으로 올 수 있었던 징검다리 역할을 한 사건들 가운데 동학혁명이 있습니다. 동학혁명은 1894년, 동학교도 전봉준이 중심이 되어 일으킨 사건으로, 전라도 고부 군수 조병갑의 착취와 동학교도 탄압에 대한 불만이 도화선이 되어 일어났습니다. 이 혁명은 조선 봉건사회의 억압적인 구조에 맞선 농민운동으로 확대되었습니다. 전라도와 충청도, 경상도 삼남 지방의 농민들이 참가했으나 청나라와 일본 군대가 들어와 진압하면서 실패하고 말았습니다. 이 과정에서 청일 전쟁이 일어났고, 이후 우리나라는 안타깝게도 일본 세력이 점점 깊이 침투하게 되었습니다.

동학혁명 마지막 혈전이라고 할 수 있는 '장흥 석대들 전투'를 배경으로 한 이 작품을 통해, 그 속에서 어떤 훌륭한 의병장 못지않게 제 몫을 해낸 청소년들의 이야기를 하고 싶었습니다. 고민하고 싸우고 아파하며 세상을 바라보는 눈을 키우고, 가족과 친구와 이웃을 통해 한층 성장해 가는 청소년들의 모습을 보여 주고 싶었습니다.

어느 시대에나 건너야 할 산이 있고, 그 산을 넘기 위해서는 많이 고민하고 노력해야 합니다. 그중에서도 여러분과 같은 청소년들의 고민과 그 고민을 통한 노력이 꼭 필요합니다. 여러분의 고민과 노력이 다음 세상을 열어 가고 꽃피우는 데 중요한 역할을 하기 때문입니다.

이 작품을 통해 지금의 청소년들이 자기 자리에서 해야 할 고민과 노력에 대해 한 번쯤 생각해 보면 좋겠습니다.

사공 일을 하면서 작가의 꿈을 가진 탄, 여자라도 대장이 되어 할 수 있는 게 많음을 보여 주고 싶은 설홍, 사람의 마음까지 치료하는 의원이 되고 싶은 희성, 제대로 돈을 벌고 싶은 진구. 천 개의 달이 되어 세상을 비춘 이 청소년들의 이야기를 통해 그들이 바라던 세상을 여러분도 함께 꿈꾸면 좋겠습니다. 그 세상은 바람만으로 얻어지는 게 아니라, 때로는 아프게 때로는 용감하게 때로는 희생하며 한 걸음, 한 걸음 앞으로 나아가며 함께 만들어 가는 것임을 알았으면 좋겠습니다.

마지막으로, 성공한 역사보다 아픈 역사를 더 알고 공부하자고 말하고 싶습니다. 우리를 진정으로 성장시키는 힘은 거기에서 나오기 때문입니다.

안오일

┌ 오늘의
  청소년
  문학
└────28

녹두밭의 은하수

초판 1쇄 2020년 8월 24일
초판 6쇄 2022년 9월 30일

지은이 안오일

펴낸이 김한청
기획편집 원경은 김지연 차언조 양희우 유자영 김병수 장주희
마케팅 최지애 현승원
디자인 이성아 박다애
운영 최원준 설채린

펴낸곳 도서출판 다른
출판등록 2004년 9월 2일 제2013-000194호
주소 서울시 마포구 양화로 64 서교제일빌딩 902호
전화 02-3143-6478 팩스 02-3143-6479 이메일 khc15968@hanmail.net
블로그 blog.naver.com/darun_pub 인스타그램 @darunpublishers

ISBN 979-11-5633-298-5 44810
       978-89-92711-57-9 (세트)